Isobel Markus

Stadt der ausgefallenen Leuchtbuchstaben

Quintus

Die Texte dieses Bandes entstanden zwischen Oktober 2019 und April 2021. Einige Begriffe, wie „zweite Welle“, „Maske“ (in unterschiedlichen Zusammensetzungen wie „FFP2-Maske“, „medizinische Maske“, „Stoffmaske“ etc.), „Lockdown“ und „Kontaktbeschränkung“, deuten darauf hin, dass die entsprechenden Geschichten aus der Zeit der Corona-Pandemie datieren. Die Erinnerung an diese global grassierende Krankheit wird vermutlich noch lange präsent sein, während die mit ihr verbundenen konkreten Begriffe jedoch nach und nach aus dem aktiven Sprachwortschatz verschwinden werden.

1. Auflage 2021

Binzstraße 19, 13189 Berlin
www.quintus-verlag.de

Umschlaggestaltung: Oda Ruthe, Braunschweig
Satz und Gestaltung: Ralph Gabriel, Berlin
Druck und Bindung: Art-Druk, Szczecin
ISBN 978-3-96982-010-0

Inhalt

11 Guten Morgen in Berlin
11 Friedhofsbesuch
12 Wohnungen zu verleihen
14 Endlich Wochenende
15 Vor dem Bierregal
16 Tindertipps
17 Wenn Yoga nur Spaß ist
19 Was man im Späti alles bekommen kann
20 Die Bluse und der Rock
21 Grüner Tee
24 Wie Kevin Kühnert die Reise zu meiner Lesung entschädigte
26 Berliner flirten anders als Franzosen
28 Pommes-Nostalgie
30 Ankommen
32 Die Stadt der ausgefallenen Leuchtbuchstaben
33 Ausgehen mit sechzehn
35 Irgendwas Gesundes
36 Ist er hier fertig oder kommt der noch mal wieder?
37 Adventskalenderprobleme
39 Witze, die man nicht kapiert
40 Silvester-Vorsätze
41 Maximilian Leopold Friedrich Ernst bestellt einen Kaffee
43 Hundeliebe
44 Schafe
46 Biologen-Porno
47 Sport zu Hause
49 Geben und Nehmen

51 Abschied von einer Weste
53 Mundduschenmode
54 Orcamütter
55 Alles ist grau
56 Überall Irre
58 Ausgehen mit bald achtzehn
61 Wenn die Welt grad voll in Ordnung ist
62 Yoga online
64 Demenzdiagnosen
66 Fähigkeiten
67 Klopapierquellen in der U9
67 Was plötzlich egal wird
69 Corona-Samstag im Supermarkt
70 Morgens im Bett
71 Geschichte vom Ausgehen
73 In der Baumarktschlange mit den Beatles
75 Glück
77 Belohnungssysteme
79 Zirkusshow
80 Im Wartezimmer
82 Beruhigendes am Montagnachmittag im Supermarkt
83 Übungen mit Pumps
84 Wenn man plötzlich weiß, dass man alt ist
86 Büchersammlerin
87 Ziegelsteintransport
88 Brausepulvereinkaufsgespräche
89 Hobby-Bibliothekare
90 In einer Beziehung mit Avocado und Serien
92 Von Ärschen und Leggins
93 Selfies
94 Bumerang

96 Kochsträuße
97 Schlichtungsversuche
98 Tofuwürstchen
99 Murphy's Law am Montagmorgen
100 Begegnungen in der Charité
102 Raucher vor Krankenhaustüren
103 Haro
106 Echte Freunde
106 Whiskeyzucker
107 Wenn es piept
109 Die Zauberbrille
110 Die Tragik der Pubertät
111 Wechseljahre
112 Am Ende des Regenbogens
113 Der nicht belastbare Hohlkörper
114 Spielchen
115 Bibliophilie
118 Vom Unkraut
119 Beratung bei Unfällen
121 Frühstück mit Ohrenkneifer
121 Die Vor- und Nachteile von Apps
122 Rot-Grün-Schwäche
124 Museumsbesuch
125 Kakaobeschuldigung
126 First Dates
128 Was übers Leben
130 Wenn es kalt wird
131 Von Lerchen und Nachteulen
134 Wurst und Glühwein
135 Pizza als Weltanschauung
136 Silvester im Böllerverbot
136 Was man vermisst

138 Frauen auf Friedhöfen I
140 Innig mit Obama
141 Frauen auf Friedhöfen II
142 Leben am Existenzmaximum
143 Nachbarschaftshilfe
144 Lehrer und Passworträtsel
146 Schlaflos in Berlin
147 Am Schlachtensee
148 Von denen, die auszogen, Abenteuer zu suchen
151 Bitte jeder einen Korb
152 Über Reiskekse und Paprikasauce
154 Social Events
155 Das mit den Zufällen
159 Alles gut mit Weihrauch
161 Mützengeschichte
164 Antikörpertests
165 Von Nahem, von Weitem
166 Junge und ältere Herren
167 Erika
168 Sherlock Holmes
170 Fernwärme
171 Frühling in Schöneberg
172 Barbaren
174 Viel zu erzählen
175 Spuren in der Stadt
177 Gassi gehen
179 Corona-Vertrottelungen 1
180 Corona-Vertrottelungen 2
180 Guten Abend in Berlin

183 Dank
184 Die Autorin

Für meine Kinder und meine Freund*innen.
Immer einmal lieber.

Guten Morgen in Berlin

Ich warte an einer Ampel in Schöneberg und gegenüber rotzt ein Typ im Vorbeigehen gekonnt durch ein Nasenloch in den Mülleimer. Ein echter Charlottenburger, wie Großmutter sagen würde, und ich denke, alle Achtung, das mit dem Zielen hat er wohl geübt. Er wartet jetzt ebenfalls an der Ampel, trägt einen langen Mantel, seine Haare sind nach hinten gegelt. Er sieht aus wie ein Immobilienmakler.

Eine Frau neben mir mit einer roten Lederjacke und einer Zigarette zieht ein angeekeltes Gesicht und sagt dann laut: „Morgenstund hat manchmal nich nur Jold im Mund, wa?“ Dazu lacht sie dreckig. Ich lache mit.

Guten Morgen in Berlin.

Friedhofsbesuch

Ich stehe auf dem Friedhof vor dem Grab meines Vaters. Großmutter hat mich gebeten, die Tannenzweige abzudecken: „Damit der Frühling kommen kann.“

Die Sonne scheint, aber der Wind ist kalt und mein Empfinden entspricht insgesamt nicht ganz dem üblichen Frühlingsgefühl. In der Reihe gegenüber steht ein älterer Mann vor einem frischen Grab mit Blumen und Kränzen. Er trägt Handschuhe und hält seine Hände gefaltet. Ich überlege, ob er betet. Als er hochsieht, nicken wir uns zu. Ich decke die Tannenzweige ab und trage sie zu dem großen Metallkorb.

Beim Umdrehen bemerke ich den Mann mit einem Kranz im Arm in einigem Abstand hinter mir. Er wartet. Ich lächle ihn an. Er deutet auf den Kranz und sagt:

„Ich muss den mal entsorgen.“

Ich nicke und trete ein paar Meter zur Seite.

Er wirft den Kranz in den Korb und zeigt auf die rosa Schleife: „Das war der Liebhaber“, sagt er.

„Bitte?“, frage ich, weil ich annehme, ich habe mich verhört.

„Der da“, sagt er, „hatte ein Verhältnis mit meiner Frau, wie ich jetzt herausgekriegt habe.“

„Oh“, sage ich und überlege hektisch, was man in so einem Fall erwidert.

Er sieht mich an: „Da denkt man über Jahrzehnte, man führt eine gute Ehe, und am Ende wird aus Briefen unterm Bett klar, dass man sie zu dritt geführt hat.“

„Das tut mir leid“, sage ich und stecke meine Hände in die Manteltaschen.

„Ach, na ja“, meint er, „ich habe schon gedacht, wer weiß, wie es sonst geworden wäre, ohne den. Aber auf dem Grab muss er nicht auch noch auf ihr liegen.“

Er lacht. Ich auch. Wir lachen einen Tick zu lang, dann schauen wir uns an.

„Bleiben Sie gesund“, sagt er. „Ist jetzt noch wichtiger als ohnehin schon.“

„Ich versuche es“, erwidere ich und wünsche ihm alles Gute.

Im Gehen drehe ich mich noch mal um und sehe, wie er mit einer Harke auf den Kranz eindrischt.

Wohnungen zu verleihen

Ich bin in der Bibliothek und bringe meine zehn Bücher zurück, die ich nicht abgeben konnte, da die Bibliothek geschlossen war. Ich freue mich auf diesen kleinen Ausflug.

In der Bibliothek ist es still und es riecht sogar durch die Maske wie immer. Es ist ein sehr vertrauter Geruch, der mich immer ganz ruhig macht. Früher, wenn ich mich zum Anlesen mancher Bücher irgendwo hingesetzt habe, musste ich aufpassen, dass ich dort nicht einschlafe, so beruhigend waren der Geruch und die Stille.

Nachdem ich mir ein paar Titel ausgesucht habe, sagt mir das System an der Ausleihe, dass ich meinen Ausweis verlängern muss.

Am Infoschalter sitzt ein junger Typ mit einem Zopf und einem Slayer-T-Shirt wie früher.

„Hi", sage ich, „ich muss wohl meinen Ausweis verlängern lassen."

„O.k., dann brauche ich nur mal den Perso und den Ausweis."

Ich reiche ihm beides über den Tisch, er scannt den Ausweis ein und sieht auf die Adresse. „Nicht zufällig in den letzten vier Tagen umgezogen, oder?", fragt er.

„Hehe, nee", sage ich. „Ich würde ja gern. Haben Sie vielleicht auch Wohnungen zu verleihen?"

„Noch nicht", sagt er. „Aber wer weiß, wenn das da draußen so weitergeht, können wir das vielleicht ins Programm aufnehmen."

Wir lachen.

„Aber vielleicht wäre dann eine längere Leihfrist gut", sage ich. „Vier Wochen sind sehr kurz."

„Vier Jahre?", fragt er, als wäre das zu real zu verhandeln.

„Vier Jahre wären perfekt", finde ich und er nickt.

Er reicht mir meine Ausweise zurück.

„Ich schlag es meinem Chef mal vor. Dann viel Glück beim Finden."

Das wünsche ich ihm auch.

„Ich suche grad gar nicht", sagt er und dann setzt er nach: „Aber kann man ja eigentlich immer gebrauchen, was zu finden. So generell."

Endlich Wochenende

Es ist Vormittag. Ich trinke einen Kaffee auf der Terrasse und warte darauf, dass die Jugendlichen, die in meinem Wohnzimmer herumliegen, wach werden. Eine Nachricht vom Sohn um 5:32 Uhr verriet: „Ich bring ein paar Leute mit. Die schaffen's nicht mehr nach Hause. Sind in den Ententeich gefallen, o.k.?"

Nicht so o.k., wenn man in den Ententeich fällt, denke ich heute früh und schaue mir die Sache mal an. Sieben Jugendliche liegen kreuz und quer auf dem Teppich im Wohnzimmer, notdürftig Kissen und Decken teilend. Im Schlaf sehen sie aus wie Babys, riechen aber wie eine Eckkneipe nach einem Jubiläum. Ein Mädchen hat etwas grünes Schmieriges im Haar. Entengrütze, stelle ich fest. Ich ekele mich kurz, mache mir schnell einen Kaffee und schleiche mich auf die Terrasse. Draußen denke ich daran, wie viel Essen ich gleich machen muss und dass ich kein Brot im Haus habe.

Der kleine Nachbarsjunge planscht in dem aufgeblasenen Pool im Hof. Der Opa sitzt nicht weit und liest Zeitung. Er hat gegen die Sonne ein Geschirrhandtuch um den Kopf gebunden.

„Opa, hier ist was im Wasser", ruft der Junge. Opa raschelt mit der Zeitung und sagt, ohne zu gucken: „So?"

„Ja, es sieht komisch aus."

„Mmmh", macht Opa.

„Es ist so ein langes knäueliges Ding“

„Knäueliges Ding“, wiederholt Opa und gähnt hinter seiner Zeitung.

„Wie so eine Stange auf dem Jahrmarkt, die mit Schokolade drumrum. Nur nicht so viele Kugeln. Nur zwei.“

„Ach“, sagt Opa, als würde es sich um eine interessante Neuigkeit handeln.

„Und es hat Fühler.“

Jetzt guckt der Opa an seiner Zeitung vorbei und ruft: „Wenn es Fühler hat, auf jeden Fall nicht essen! Einfach drumrumschwimmen!“

Ich kichere, lege die Beine hoch und fühle mich direkt sehr nach Wochenende.

Vor dem Bierregal

Ich stehe am Spätikiosk draußen vor dem Kühlschrank und finde, es gibt viel zu viel Auswahl an Bier. Ich kann mich leider gar nicht entscheiden. Der Typ in Lederjacke neben mir auch nicht. Er stand da schon lange vor mir und überlegte. Er ist groß und sieht aus wie einer, der weiß, was gut ist. Er trägt nur schwarz, an jedem Finger einen Ring, manche mit Spitzen und Totenköpfen, und auf seinem Hals ranken sich flammenartige Tattoos. Ich warte mal, was der nimmt, denke ich und inspiziere die Mischbiere scheinbar genauer. Schließlich öffnet er eine Glastür, greift nach einer Caprisonne, steckt den Strohhalm in das kleine Loch, umschließt mit riesigen Händen das Trinkpäckchen und trinkt es noch vor dem Regal mit einem Zug aus. Ich sehe ihm nach, wie er zum Bezahlen zum Tresen geht, und weiß, das ist wahrscheinlich das Niedlichste, das ich seit Langem gesehen habe.

Tindertipps

Es ist Samstagnacht in der S-Bahn. Ich war mit Freundinnen im Kino am Hackeschen Markt und danach noch etwas trinken. Wir haben uns *Marriage Story* angesehen, die Geschichte einer Scheidung mit Kind. Der Film hält mich noch fest, als mich ein Gespräch von zwei sehr lustig angetrunkenen Frauen, etwa Mitte fünfzig, dabei unterbricht. Die eine ist blond und sieht eher unscheinbar aus, die andere hat rote Haare und trägt einen energischen Zug um den Mund. Sie unterhalten sich über Tinder. Ich stelle meine Kopfhörer aus, lasse sie aber auf.

Die Rothaarige schüttelt den Kopf und sagt: „Ich mach das nicht mehr. Ich krieg schon 'ne Krise, wenn ich bloß dran denke."

Die Blonde eifrig: „Och, aber weißte, was ich da echt gut find, man kann nicht von Hinz und Kunz angeschrieben werden, sondern nur von Männern, die man selbst auch gut findet."

Die Rothaarige, irgendwie erstaunt: „Aber ehrlich, findste da jemals irgendwen gut?"

Die Blonde sagt einlenkend: „Na ja, es geht. Manchmal schon." Sie guckt schuldbewusst. „Aber ich wische schon auch oft aus Mitleid nach rechts und bereue es dann nach zweimal Mailschreiben."

Die Rothaarige winkt ab: „Eben. Und dann haste da all die Mails und die ganzen Fragen und einfach immer das Gleiche, was man schreibt. Boah, nee. Is mir viiiel zu anstrengend."

Die Blonde sagt nachdenklich: „Stimmt, das kann wirklich anstrengend werden."

„Na und dann, was machst du dann? Die wird man ja nicht von allein wieder los."

„Naja, man könnte sie ja blocken." Die Blonde guckt wieder schuldbewusst.

„Schaff ich aber irgendwie nicht, die tun mir ja leid. Und ist ja auch unhöflich, einfach so. Da erzählt eben noch einer von seinem Hund und ich schmeiß ihn einfach raus."

Sie lachen. „Wenn einer aber sehr nervt, schreibe ich, dass ich hier jemanden kennengelernt habe." Beide brüllen fast vor Lachen.

Pause.

Die Blonde hat ganz kurz einen wirklich traurigen Blick.

„Funktioniert nur dummerweise manchmal nicht. Sie schreiben dann trotzdem einfach weiter."

Die Rothaarige winkt ab: „Kenn ich alles. Aber ich hab da 'ne todsichere Methode gefunden. Danach haben *die* sich immer von *mir* verabschiedet."

Die Blonde guckt interessiert: „Ach?"

„Ist einfach. Schreib einfach, du hast vier Kinder und eine pflegebedürftige Mutter im Haushalt. Danach schreibt dir niemand mehr."

Satanisches Lachen.

Meine Kopfhörertarnung fliegt auf, weil ich leider mitlachen muss.

Wenn Yoga nur Spaß ist

Derya und ich besuchen einen Yogakurs für Fortgeschrittene in Mitte. Der Raum ist voll und die Teilnehmerinnen sammeln sich auf ihren Matten. Alle haben hippe Sportkleidung an und sehen aus wie aus einem Fitnessvideo. Gesund, gestählt und lächelnd bereit. Ich versuche verschämt, meine ausgebeulte Yogahose zu ignorieren. Der Yogalehrer betritt den Raum. Er ist etwa Ende zwanzig mit der Körperhaltung eines Akrobaten. Als er den Arm hebt, sehe ich Muskeln, die ich noch nie gesehen habe. „Guten Tag, Mesdames, mein Name ist Sergej, ich vertrete diesen Kurs heute. Kennt mich jemand noch nicht?“

Derya und ich heben verschüchtert die Hand.

„Ah ja“, sagt er. „Na, ihr werdet mich schon kennenlernen.“ Er lacht ein kurzes Haha mit zur Decke gewandtem Gesicht. „Spaß“, ruft er dann. „Ich komme ursprünglich aus dem Tanz. Aber das hier ist Spaß.“

Wir lächeln verkrampft.

Er klatscht in die Hände. „Mesdames, wir beginnen mit dem Sonnengruß.“

Nach der etwa zehnmaligen Wiederholung des Sonnengrußes folgen eine Stunde anstrengende Asanas immer in mehrfacher Wiederholung und kaum Pausen. Mir tropft der Schweiß auf die Matte. Im Hund rutsche ich fast auf der Matte aus. Derya leidet auch. Die Gesichter der anderen sind verbissen. Keine Blöße zeigen. Ich beginne aus Verzweiflung zu kichern. Das passiert mir manchmal. Derya stimmt ein. Wir können einfach nicht mehr. Ich begebe mich in das Kind. In der kauernden Haltung kichere ich so, dass ich kaum Luft bekomme. Sergej findet das gar nicht lustig. „Silence“, ruft er. „Konzentration.“ Ich raffe mich auf.

Im gedrehten Dreieck breche ich zusammen, bleibe wie eine angefahrene Hirschkuh auf der Seite liegen und schließe kurz die Augen. Ich bin so müde.

„Hallo, hallo.“ Sergej ist über mir. Aufgeregt patscht er mir ins Gesicht.

„He“, sage ich schlecht gelaunt und setze mich auf. Deryas Blick zeigt, dass sie besorgt ist. Dabei habe ich nur mal kurz die Augen geschlossen. Sergej bringt Wasser und

Tee und sagt, ich solle mich ausruhen. Es klingt streng, aber sein Blick ist weich. Er ist wie eine Mutter zu mir. Ich lagere die Beine hoch, trinke Tee und ruhe mich aus, während die anderen weitermachen.

Was man im Späti alles bekommen kann

In meinem Briefkasten finde ich eine Benachrichtigung von DHL für ein Paket, das in einem Späti in der Nähe abgegeben wurde, weil ich nicht zu Hause anzutreffen gewesen sei. Na klar, weil ich ja auch zurzeit so selten zu Hause bin.

Ich laufe also zu dem Späti und während der Typ mein Päckchen in einem Regal sucht, kommen zwei Typen so um die zwanzig rein. Ich merke, ich bin wieder im unsichtbaren Modus. In dem bin ich manchmal. Es ist der Zustand, in dem mich niemand zu bemerken scheint und ich einfach übersehen werde, was sogar schon beim Fahrkartenkontrollieren in der U-Bahn passiert ist. Ich begrüße diesen Zustand jedes Mal, denn so kann ich komplett ungeniert beobachten und Leute anstarren, ohne dass es unangenehm auffällt.

Der eine der Jungs mit einem roten Baseballcap und einer schwarz-braunen Jacke, auf der an der Seite in großen Lettern Fendi steht, sagt: „Hey, schönen Corona-Day."

Der Spätimann: „He, na? Alles klar? Kommst du von Y.?"

Der andere nickt. Er holt sich eine Kippe hinter dem Ohr hervor und steckt sie sich in den Mundwinkel. Er hat einen Bart, der sich in einer hauchdünnen Linie an seinen Kieferknochen entlangzieht. Wie gezeichnet, denke ich.

„Und was brauchstu?", fragt der Spätimann.

„Isch brauch Abitur", sagte der andere.

Ich denke, was für eine Begrüßung, und will fast anfangen zu lachen, so lustig finde ich sie, aber da sagt der Spätimann total geschäftsmäßig:

„O.k., Mann." Er überlegt kurz und dann: „Ich lass mir was einfallen, kein Problem, besorg ich dir, besorg ich dir. Lass uns gleich mal quatschen."

Er reicht mir mein Paket über den Tresen. Ich gehe komplett verdattert aus dem Laden.

Auf dem Nachhauseweg überlege ich, was Abitur wohl so kostet und ob ein Doktortitel teurer ist und welche Fachrichtung ich mir aussuchen würde. Astronomie, denke ich. Dr. rer. nat. fänd ich cool.

Die Bluse und der Rock

Ich habe zugenommen. Es ist nicht viel, es ist nur schlecht verteilt, und ich nutze die Energie meiner Unzufriedenheit, um endlich meinen Kleiderschrank aufzuräumen. Da grad kein Kleidertausch stattfindet, spende ich die Sachen. Beim Aussortieren kommen mir das Zu- und Abnehmen meines Körpers und reziprok dazu das meines Kleiderschranks wie die Gezeiten vor. Mein Hintern in der weißen Hose sieht im Spiegel auch ein bisschen aus wie der Mond. Es hängt also alles zusammen, denke ich und werfe die Hose in eine Tüte. Ein paar Stunden später schleppe ich die Tüte zur Spendentonne und stelle fest, dass sie übervoll ist. Aus der Schubladenklappe fallen schon einzelne Kleidungsstücke wieder heraus. Darunter eine geblümte Bluse. Sie liegt mir quasi zu Füßen. Ich hebe sie auf, betrachte sie wie im Geschäft und denke: Och.

Ich sehe mich um und während ich noch überlege, hält ein Auto und eine kleine Frau steigt aus. Sie öffnet ihren Kofferraum und holt ebenfalls eine Tüte heraus.

„Es ist alles voll", rufe ich und zeige mit der Bluse auf die Klappe.

Sie guckt die überladene Klappe an, dann mich und die Bluse und sagt:

„Wollten Sie die etwa wegtun? Die ist doch hübsch."

Ich sehe auf die Bluse, dann auf die Frau und sage: „Also, die lag hier schon."

„Warten Sie mal", sagt sie, bückt sich und kramt in ihrer Tüte. Sie hält mir einen Rock hin, der aussieht, als gehöre er zu dieser Bluse.

„Gucken Sie mal, der passt doch super dazu, finden Sie nicht?"

Sie nickt mir bestimmt zu. „Das nehmen Sie jetzt, ist doch schön", dreht sich um und fährt wieder weg.

Zu Hause gucke ich auf meine Tüte, die neue Bluse und den Rock der Frau und denke an die Postkarte mit dem Zitat von Groucho Marx, die bei uns in der WG hing: „Der Müllmann ist da. Sag ihm, wir brauchen nichts."

Grüner Tee

Nach einer Lesung wollen wir noch etwas trinken gehen. Wir stehen vor dem Haus am Waldsee und sehen uns um. Es ist etwa halb zehn und die Straßen sind menschenleer, im Licht einer Laterne kreuzt ein Fuchs die Straße. Er nimmt keine weitere Notiz von uns. Links herunter blinkt eine defekte Ampel, rechts herunter ist es auch unheimlich.

„Ist irgendetwas passiert und wir haben es nicht mitbekommen?", fragt Julia und schaut auf ihr Handy.

Wiebke zündet sich eine Zigarette an und sagt: „Nö, das ist einfach Zehlendorf.“ Sie guckt genervt. Wiebke ist nämlich in Zehlendorf aufgewachsen.

„Und wo können wir hier noch was trinken?“

Wiebke zeigt wortlos in die Fuchsrichtung, also laufen wir los, immer an den Villen entlang. Bald stehen wir vor einem hübschen Jugendstilgebäude.

„Kneipe“, sagt Wiebke und ist schon an der Tür.

Julia und ich stolpern hinterher. Drinnen sitzen zwei Typen mit Basecaps an einem dunklen Tresen, vor sich zwei Aschenbecher und merkwürdige kleine Frotteedeckchen mit Biergläsern. Sie gucken uns an, als wären noch nie drei auf einmal durch die Tür gekommen.

„Hallöchen“, ruft die blonde Frau hinter dem Tresen fröhlich. Wir setzen uns in eine gepolsterte Bank. Auf dem Tisch stehen Plastikblumen und ein riesiger Aschenbecher. Gegenüber hängen der Spielautomat und der Fernseher.

„Für Entertainment ist jedenfalls gesorgt“, sagt Julia.

Die Karten kommen und es gibt alle möglichen Klassiker. Fassbrause, KiBa, Futschi, einen Rotwein, einen Weißwein und Berliner Kindl.

„Was iss’n Pferdehals?“, fragt Julia und sieht nicht aus, als wollte sie es probieren.

Wir rätseln, bis die blonde Frau kommt.

„Wisskie mit Dschinscha Ehl“, sagt die Frau mit einer nachsichtigen Augenbraue, als würden wir vom Dorf kommen und uns eben nicht auskennen. Sie zeigt in die Karte. „Und dit is Wisskie mit Cola.“ Sie hat an jedem Finger einen Ring und Nägel, die sich an den Spitzen wie Krallen nach unten biegen.

„O.k., und habt ihr grünen Tee?“, fragt Julia und merkt in dem Moment, dass das wohl eine blöde Frage war.

Die Frau fängt an zu lachen. Ein pfeifendes Rasseln, das sich vor den Frotteedeckchen am Tresen grölend fortsetzt. Der mit dem dunklen Cap ruft: „Geilomat, grünen Tee will se haben."

Wiebke, Julia und ich lachen zur Gesellschaft ein wenig mit, weil es schon ein guter Witz ist. Das findet die Frau auch. „Dit is der beste Scherz seit Langem", ruft sie. Sie kriegt sich kaum mehr ein. Ihr fällt dabei der Papierblock aus der Hand. Julia hat aufgehört zu lachen. Ich grinse noch. Wiebke zündet sich eine Zigarette an. Ich sehe nach dem Block und höre die Frau sagen:

„Ick hab nur schwarzen und roten Tee. Aber ehrlich, empfehlen kann ick dir den nich. Der is bestümmt zehn Jahre alt. Und dit is echtema keen Witz."

Wir lachen trotzdem und bestellen zur Sicherheit Bier.

„Na also, jeht doch", findet die Frau.

Das Bier vor uns und Jennifer Rush aus den Lautsprecherboxen unterbinden unsere Gespräche irgendwie. Wir schweigen, trinken Bier und werden müde. Der eine mit dem Basecap auch. Er ist so müde, dass er sich vor dem Gehen noch mal auf einen Stuhl uns gegenüber setzt und einen Power Nap hält, bevor er sich zur Tür rausschleppt.

Die Frau hilft ihm raus, und als die Tür hinter ihm zugeht, sagt sie laut zu sich: „Der hatte jenuch."

Wir zahlen bald. Die Frau kommt extra an den Tisch und stellt uns noch drei kleine Fläschchen mit Pflaumenschnaps hin. „Hier, Mädels. Jeht uffs Haus."

Draußen vor der Tür müssen wir plötzlich alle lachen. Wir bleiben stehen und jetzt hat Julia einen Lachkrampf. Auf dem Weg zur S-Bahn stoßen wir mit den Pflaumen an.

„Auf Zehlendorf", sagt Wiebke, und es klingt gar nicht mehr so ironisch wie sonst.

Wie Kevin Kühnert die Reise zu meiner Lesung entschädigte

Ich stehe mit meiner siebzigjährigen Tante in der S-Bahn auf dem Weg zum Hauptbahnhof. Sie ist extra zu meiner Lesung angereist und muss heute schon wieder zu Onkel Gerhard zurück. Für die Fahrt in ihr hessisches Dorf hat sie sich zwei Butterbrote geschmiert, einen Apfel eingepackt, Leitungswasser abgefüllt und die Bitte geäußert, gern anderthalb Stunden vor Abreise am Bahnhof zu sein. Sicher ist sicher.

Tantchens Wunsch ist mir Befehl.

Wir haben also alle Zeit der Welt und in der Bahn beobachte ich einen Vater, wie er seiner kleinen Tochter konzentriert vier Pflaster über zwei Finger klebt. Die Kleine sieht, dass ich zuschaue, und erklärt, dass sie zu Hause hingefallen sei. Ich nicke und sage, dass jetzt alles ganz schnell verheilen wird. Dann schaue ich zu meiner Tante und lächle. Sie bemerkt mein Lächeln nicht, schaut stattdessen mit starrem Blick über meine rechte Schulter.

„Süß, oder?", sage ich deshalb.

„Jaja", antwortet meine Tante abwesend, schaut weiter auf etwas hinter meinem Rücken und guckt mich dann sehr vielsagend und mit aufgerissenen Augen an. Ich verstehe nicht. Also macht sie kleine nickende Kopfbewegungen und wispert: „Schau doch mal, da."

Ihre Wangen sind ganz rot vor Erregung. Wieder diese Kopfbewegung.

Ich drehe mich um.

„Nicht doch so auffällig", raunt sie.

Weiter hinten entdecke ich den Grund für ihre Aufregung. Da steht Kevin Kühnert. Er hat einen Koffer dabei und ist vermutlich auch auf dem Weg zum Hauptbahnhof.

Ich drehe mich um.

„Ach so“, sage ich.

„Ach so? Weißt du denn nicht, *wer das ist*?“

Ich nicke. „Doch, doch, natürlich.“

„Das ist doch Kevin Kühnert!“ Ihr Ton ist ehrfurchtsvoll.

Ich nicke.

Die S-Bahn hält, wir steigen aus und laufen vor Kevin Kühnert den vollen Bahnsteig entlang.

„Oh mein Gott“, sagt meine Tante. „Ich habe ihn beim Aussteigen angelächelt. Und fast hätte ich auch noch etwas zu ihm gesagt. Und jetzt läuft er direkt *hinter* uns!“

Kurze Pause, verstohlenes Umdrehen.

„Immer noch!“

Ich muss lachen.

„Ja, du lachst. Aber was glaubst denn du, ich kenne den doch nur aus dem Fernsehen!“

„Na, ich doch auch nur“, sage ich.

„Ach, ihr Berliner wieder. Euch laufen wohl alle Nase solche Prominenten über den Weg.“

Kurze Pause und leicht verzweifelt: „Das glaubt mir der Gerhard zu Hause doch niemals! Schnell. Schnell. Wir müssen ein Foto von ihm machen.“

Dabei guckt sie mich so an, dass klar ist, dass ich das Foto machen muss.

Mir ist nicht so viel unangenehm, aber offensichtliche Fotos von Personen in der Öffentlichkeit zu machen irgendwie schon.

„Ich kann doch hier nicht einfach ein Foto von ihm machen.“

„Aber natürlich. Mach doch schnell so ein ..., na so ein ... Selfie-Foto. Das merkt der doch gar nicht.“

Inzwischen ist sie ziemlich nervös.

Ich hole also mein Handy aus der Tasche, mache schnell ein halbes Selfie und auf der Rolltreppe zeige ich es ihr. Im Hintergrund ist Kevin Kühnert zu erahnen.

„Also, nein, ist das ein herrliches Foto geworden. Du und Kevin Kühnert."

Sie schaut selig und sagt dann: „Jetzt hat sich die ganze Reise wenigstens gelohnt!"

Berliner flirten anders als Franzosen

Ich gehe mit Chloé aus, die ich schon länger nicht mehr gesehen habe. Sie lebt in Paris und ist für eine Woche in der Stadt. Wir waren essen und jetzt sitzen wir in einer Bar in Schöneberg und lachen. Das können wir gut zusammen. Außerdem hat sie das beste Lachen der Welt. Unbändig und ein bisschen heiser mit einem riesigen Mund. Als Kinder haben wir mal gewettet, wer von uns den größeren Mund hat, und sie hat mit dem Abstand von zwei Scheiben Toastbrot gewonnen, während ich schon an einer fast erstickt wäre. Heute trägt sie die Lippen rot angemalt und erinnert damit an Betty Blue. Sagt jeder. Schon immer.

Der Raum ist klein und wir lachen zu laut. Ich schaue mich verstohlen um. Etwas weiter weg sitzen zwei Typen an einem Tisch und schauen zu uns herüber.

„Nicht hinsehen", raunt Chloé, „oder willst du, dass die beiden zu uns herüberkommen?" Sie zwinkert.

Ich schaue amüsiert. „Keine Sorge. Hier kommt keiner herüber. In Berlin guckt man bloß."

„Also, ich weiß nicht." Ihr Blick ist zweifelnd. „Du kannst mir doch nicht erzählen, dass man nie angesprochen wird."

„Doch. Ich glaube, das läuft hier anders als bei euch."

Sie trinkt einen Schluck, schaut nach rechts oben: „Also jetzt wo du es sagst – stimmt, mir ist in den letzten Tagen auch aufgefallen, dass hier niemand flirtet. Ich dachte schon, es liegt an mir."

„Wohl eher an der Stadt", beruhige ich sie.

„Hm", sie dreht sich zu den beiden Männern um, sieht wieder zu mir und fragt: „Aber dann lernt man ja nie jemanden kennen?" Sie guckt entsetzt.

„Nie", bestätige ich mit todernstem Gesicht, ziehe aber schnell eine Grimasse, weil Chloé so geschockt aussieht.

„Aber doch, natürlich. Allerdings hat es den Effekt, dass man, wenn man doch mal angesprochen wird, automatisch denkt, dass der Typ einen Knall haben muss. Meist sind das dann aber bloß keine Berliner."

Wir lachen wieder zu laut.

„Das ist verrückt", sagt sie. „Dann wartet man hier also auf, ja auf was, auf das Schicksal? Das ist nicht normal."

„Aber es hat Vorteile. Man kann sich komplett unbehelligt bewegen. Bei euch ist das ja teilweise wirklich anders."

„Aber nicht doch", sagt sie. „Es gibt nur ein paar Regeln. Wichtig ist, du darfst auf keinen Fall hinsehen oder reagieren, wenn er dir nicht gefällt."

„Wie anstrengend. Und außerdem, wie soll ich wissen, ob er mir gefällt, wenn ich ihn nicht angucken kann?"

Sie macht eine Papperlapapp-Handbewegung und sagt: „Aber ich bitte dich, das sieht man doch schon aus den Augenwinkeln. Und dann ist es ja auch immer ein Spiel und doch besser, als das Gefühl zu haben, unsichtbar oder sogar unattraktiv zu sein."

„Wo ist da der Zusammenhang?" Ich schaue sie verwundert an. „Das ist doch sowieso wahllos, das Ansprechen."

Sie beißt sich auf die Lippen.

Stille. Wir sehen uns im Raum um. An den anderen Tischen sitzen Frauen. Alle sind wie wir schwarz gekleidet und in Gespräche vertieft.

Chloé klingt plötzlich frustriert: „Es ist wie im Kloster hier."

Sie rührt in ihrem Drink. „Schau dich doch mal um!"

Ich lache wieder. Diesmal ohne sie.

„So geht das nicht", sagt sie dann und legt den Löffel beiseite.

„Was denn?", frage ich.

Statt einer Antwort streckt sie sich, steht auf, läuft auf die beiden Typen zu und lächelt sie im Vorbeigehen an. Ich beobachte aus den Augenwinkeln alles ganz genau.

Die beiden sehen ihr auf dem Weg zur Toilette hinterher. Sie grinsen sich kurz an. Der eine sagt etwas, aber ich kann ihn leider nicht verstehen. Dann stehen sie auf, nehmen ihre Jacke und gehen zum Zahlen nach vorn an den Tresen.

Als Chloé wiederkommt und den leeren Tisch sieht, zieht sich ihr Gesicht zusammen. Sie lässt sich auf den Stuhl plumpsen und nimmt einen Schluck aus ihrem Glas.

„Ich werde wohl noch ein Glas bestellen. Ich fühle mich in Berlin auch schon wie eine Großstadtnonne."

Pommes-Nostalgie

In der U-Bahn sitzen mir zwei Jungs gegenüber. Beide haben eine Schale Pommes auf ihrem Schoß und essen stumm und konzentriert. Ich verstehe das. Die Pommes-Schranke-Pause ist heilig und ich bediene mit ihr ab und zu immer noch ein nostalgisches Gefühl. Pommes Schranke essen ist nämlich wie mit elf Jahren im Freibad, wenn man nach Stunden im Wasser nass mit tropfenden Haaren und blauen Lippen auf der Decke saß, abwechselnd Pommes in Mayo und Ketchup tunkte und sich die salzigen Lippen ableckte. Nur dann setzten auch kurz die Wasserbombenangriffe der Jungs aus.

Der Junge hier, mir gegenüber, ist groß und ein bisschen pummelig, er hat einen dunklen Flaum über der Oberlippe und einen sehr geraden Scheitel im schwarzen Haar. Außerdem hat er Mayonnaise und Ketchup gemischt, sodass die Sauce ganz rosa ist. Sein Freund neben ihm tunkt die Pommes erst in die Mayo und dann in den Ketchup. So machen sie das bestimmt immer, denke ich. Früher wusste man auch genau, welcher der eigenen Freunde auf welche Art seine Pommes isst. Und ob mit Paprikasalz oder ohne.

Ein kleiner Junge steht plötzlich da. Er ist viel jünger als die beiden Pommesjungs. Vielleicht neun Jahre alt, schätze ich. Oder er wirkt nur jung, weil er so klein ist und schmal. Er ist blass, hat riesige dunkle Augen, trägt eine Mütze und eine dünne Trainingsjacke, steht einfach nur da und schaut den Jungs beim Essen zu.

Der große Junge guckt auf: „Yalla, was glotzt du so?"

Der Kleine reagiert nicht, starrt einfach weiter auf die Pommesschalen.

„Was ist los mit dir? Verpiss dich", sagt der große Junge und hebt drohend seine Hand. Wieder keine Reaktion.

Der Pommesjunge sieht den kleinen Jungen kurz länger an, begegnet meinem Blick, guckt wieder den Kleinen an und sagt zu seinem Kumpel. „Gib ma her."

„Was“, fragt der Kumpel.

„Gib einfach deine Schale, Alter“, sagt der Große ungeduldig.

Der andere reicht zögernd seine Schale und sieht zu, wie der Große ein paar Pommes aus der eigenen in die Schale seines Kumpels schüttet.

Dann reicht er die halbvolle Schale dem kleinen Jungen: „Und jetzt verpiss dich, Mann.“

Er sagt es, ohne ihn oder irgendjemand anderen anzusehen. Als der Kleine mit den Pommes weg ist, guckt sein Kumpel ihn von der Seite an und der Große sagt mit dem Blick aus dem Fenster: „Halt einfach deine Fresse, Mann.“

Ankommen

Ich bin wieder in Berlin. Und wie es aussieht, ist es nicht nur das Land, das ich gewechselt habe, ich bin auch in der Jahreszeit vom Sommer in den Herbst gereist.

Es regnet. Die Gesichter sind lang. Der Bus ist so voll, dass der Fahrer kaum die Türen zubekommt. Ein Mann haut mit der Faust von außen gegen den Bus. Neben mir steht jemand, der mit sich selbst spricht. Ich höre ihm zu.

„Achtuuuung, kontrollierter Ausstieg“, ruft er immer wieder, sobald sich die Türen öffnen und das Chaos seinen drängenden Lauf nimmt. Ich verkneife mir eine Regung. Ich habe gerade keine Lust auf ein verrücktes Gespräch.

In der S-Bahn ist es auch voll. Lauter sportliche Menschen stehen um mich herum. Sie reden nicht oder in Sprachen, die ich nicht verstehe. Ich verstehe jetzt erst, dass heute der Marathon stattfindet, und merke darüber zu spät, dass die Tür, aus der ich aussteigen will, nicht funktioniert.

Also dränge ich mich mit meinem schweren Koffer voll italienischer Spezialitäten durch die Menge zum nächsten Ausgang. Zu spät. Es ist zu voll. Die S-Bahn fährt schon wieder. Ich muss also eine Station weiter und wieder zurückfahren. Großartig. Ich fluche kurz, aber laut. Die Leute verkneifen sich eine Regung. Wahrscheinlich haben sie keine Lust auf ein verrücktes Gespräch.

Auf dem Bahnhof schaue ich dem Regen beim Fallen zu. Es ist kalt. Mein Gesicht wird immer länger. Neben mir steht ein alter Mann mit Schnauzer. Er ist klein, trägt ein zu großes Sakko und eine Art Schiebermütze. Seine Augen sind dunkel und seine Brauen so buschig, dass sie sich mit den Wimpern verhaken. Er lächelt mich mit sehr lieben Augen an, sieht auf den Regen, auf meinen Koffer, dann auf mich:

„Verreist du oder kommst du an?"

„Ich komme grad an", sage ich, ziehe meinen Mund breit und die Augenbrauen hoch, um zu zeigen, dass das Ankommen heute schwerfällt.

Er schnalzt mit der Zunge, macht eine unbestimmte Handbewegung und sagt: „Ist schwer. Für mich waren es vierzig Jahre."

Und dann erzählt er mir eine Station lang, wie er vor vierzig Jahren aus einem kleinen Dorf in der Türkei kam und wie schwer das für ihn war, wenn es hier geregnet hat.

Ich weiß genau, was er meint.

Als ich aussteigen muss, hebt er die Hand: „Es wird schon. Es wird. Alles Gute."

Das wünsche ich ihm auch. Wir lächeln uns an.

Als ich die Treppe zum anderen Bahnsteig hinunterlaufe, lächle ich immer noch.

Und da war ich wieder. Angekommen in Berlin.

Die Stadt der ausgefallenen Leuchtbuchstaben

Ich fahre mit der S-Bahn an einem Baumarkt an der Yorckstraße vorbei und lese auf dem Schild darüber: Bamarkt. Das U vom roten Wort „Bau“ ist offenbar defekt, denn es leuchtet nicht mehr, und ich muss an meine Tochter denken.

Als meine Tochter damals mit dem Lesen begann, war es für sie bei unseren Wegen durch die Stadt das Größte, Schilder laut vorzulesen. Vor allem die Leuchtreklamen hatten es ihr angetan. Liefen wir also irgendwo entlang, hörte ich manchmal gemurmelte Wörter wie Im-biss, Ta-xi oder Po-li-zei. Oft genug kamen aber auch Wörter wie Par-ka-e.

„Parrrrkhaus“, verbesserte ich nebenbei, während wir an der Ampel warteten, aber sie nahm den Finger und wiederholte: „Parkae, wenn es leuchtet“.

Ich folgte ihrem Blick und sah, dass sämtliche leuchtende S der Sparkasse ausgefallen waren.

„Ach so. Sparkasse“, sagte ich, „da sind nur die Buchstaben ausgefallen. Dann muss man die dunklen Buchstaben aber trotzdem mitlesen.“

Sie nickte und grinste.

Zunehmend stellte ich fest, dass es ihr Spaß machte, gerade die Wörter vorzulesen, die durch mindestens einen ausgefallenen Buchstaben entstanden und somit neue lustige Wörter ergaben. Und davon gab es in Berlin bei näherer Betrachtung viele. Wie meine weitgereiste Cousine J. bei ihren Besuchen vor vielen Jahren mal so schön treffend meinte, sei Berlin die Stadt der ausgefallenen Leuchtbuchstaben. In keiner anderen Stadt sei Leuchtreklame so oft defekt wie bei uns in Berlin. Interessanterweise halte dieser Zustand oft auch über Monate an, ohne dass offenbar irgendwem aufzufallen scheine, dass man mal eine Glühbirne auswechseln müsse. Seit den LED-Anzeigen habe sich das allerdings ein wenig geändert.

Seitdem also sah auch ich die blinkenden oder defekten Anzeigen überall und scheinbar musste sich das auf meine Tochter übertragen haben.

So wurde bei ihren Leseübungen eine Schneiderei schon mal zu einer „neiderei“, eine Fleischerei zu einer „leicherei“, die Post machte „Pst“ und das Café Europa wurde zum „Café uropa“. Meine Tochter hatte aber eindeutig ein Lieblingswort, über das sie jedes Mal sehr lachen musste, was wiederum mich und ihren kleinen Bruder ansteckte, der in so lautes Gelächter ausbrach, dass die Leute stehen blieben und mitlachten. So standen also lachende Menschen mit mir und meinen Kindern vor jeder „potheke“, auf die wir trafen – egal ob sie ausgefallene Buchstaben hatte oder nicht.

Als mein Sohn zwei Jahre später die erste Klasse besuchte und das Lesen lernte, versuchte ich ihn für das gleiche Lese-Spiel zu begeistern. Einmal samstags im Volkspark Schöneberg zeigte ich auf ein Schild und mein Sohn antwortete entrüstet und leicht genervt: „Mama, ich hab Wochenende.“

„Na und?“, fragte ich verständnislos.

Er sah mich an, als sei ich schwer von Begriff. „Am Wochenende lese ich bestimmt nicht.“

Ausgehen mit sechzehn

Mein Sohn ist vor Kurzem sechzehn geworden und findet seitdem die Regelung, am Wochenende bis Mitternacht mit seinen Kumpels draußen bleiben zu dürfen, hoffnungslos veraltet und überarbeitungswürdig. Schließlich ist er ja jetzt keine fünfzehn mehr.

„Verstehe ich", sage ich und komme mir irre gerecht und verständnisvoll vor. „Um die Zeit geht es in der Nacht ja auch erst los, wenn es überhaupt schon begonnen hat."

Er nickt und erinnert mich daran, dass seine Schwester, sobald sie sechzehn geworden war, nach Hause kommen durfte, wann sie wollte. Hauptsache, alle kommen zusammen in der Gruppe.

„Genau", bestätige ich. „Mir ist die Zeit nicht so wichtig, wenn ihr dafür in der Gruppe seid, als wenn ihr früher, aber dafür allein nach Hause laufen müsst. Gilt für dich natürlich auch."

„O.k., cool", findet er.

„Wann müssen denn die anderen so zu Hause sein?", erkundige ich mich beiläufig.

„Och. Glaub, so um zwölf."

„Na ja", sage ich und komme mir sehr schlau vor. „Dann gehst du ja auch gegen zwölf, wenn da alle nach Hause müssen. Ist ja logisch."

Er antwortet nicht, aber ich bemerke ein kurzes Blitzen in den Augen.

Gestern Abend gegen halb zehn. Mein Sohn kommt aus seinem Zimmer und setzt sich zu mir. „Ist doch o.k., wenn heute Nacht hier ein paar Freunde übernachten, oder?"

Ich gucke ihn an und sage: „Joa, klar, ist nur ganz schön spontan. Wie viele sind es denn?"

„So sechs", sagt er.

„Sechs? Wie sollen die denn alle in dein Zimmer passen?"

„Ach, das klappt schon", sagt er und verschwindet.

Ich denke, dass maximal vier in seinem Zimmer schlafen können, und wundere mich. Zehn Minuten später klingelt es. Eine Horde von Jungs steht in der Wohnung. Alle sind immer echt nett. Zwei kenne ich schon sehr lang, einer ist neu, drei erkenne ich kaum wieder.

„O.k.“, sage ich, „Jungs, wie wollt ihr das mit der Übernachtung hier praktisch bewerkstelligen?“

Alle schauen meinen Sohn an und der sagt: „Naja, wir werden bestimmt bis morgens unterwegs sein, aber wir kommen ja auf jeden Fall in der Gruppe nach Hause.“

Sechzehnjährige. Never mess with aliens.

Irgendwas Gesundes

Nachmittags stehen im Bus zwei Jungs, vielleicht elf oder zwölf Jahre alt. Beide haben Basecaps auf, der eine hat Kopfhörer im Ohr. Sie reden nicht, schauen auf ihre Handys, zeigen sich manchmal was und lachen.

Dann sagt der eine: „Mann, ich hab voll Hunger. Und bei mir gibt's heute wieder so 'n Scheiß.“

„Was denn so?“, fragt der mit den Kopfhörern.

„Irgendwas Gesundes. Gemüse und so. Meine Mutter kocht heute.“

Der andere nickt mitfühlend.

Stille.

„Neulich gab es Suppe mit Mango und Möhren. Alter, das war so eklig.“

„Ih“, macht der andere.

Stille.

„Wenn meine Oma kocht, gibt es Gulasch und so was. Oder Nudeln mit Ketchup. Aber die kommt nur einmal die Woche.“

Der mit den Kopfhörern sagt: „Krass“, und dann, nach einer Pause: „Ich geh jetzt ’n Döner essen.“

Der mit der kochenden Mutter schaut aus dem Fenster, überlegt kurz und sagt: „Ich glaub, ich komm mit.“

Als sie aussteigen, schaue ich den beiden hinterher und denke an den Elternabend vor Jahren in der Grundschulklasse meines Sohnes. Die Kinder wurden nach ihrem Lieblingsessen befragt und mein Sohn gab freudestrahlend mein schlimmstes, aber mit Abstand schnellstes Gericht zur Antwort: Spaghetti mit Butter und Sojasauce. Die Lehrerin anonymisierte seine Antwort auf dem Elternabend und die Kürbis-Bulgur-Lasagne- und Quiche-Lorraine-Muttis lachten herzlich. Ich lachte zur Tarnung mit.

Ist er hier fertig oder kommt der noch mal wieder?

Freitagnachmittag. Ich stehe mit meinem gerade sechzehnjährigen Sohn vor den Umkleidekabinen der Herrenabteilung bei Karstadt. Mein Sohn hat einen sündhaft teuren Pullover im Arm, auf den er seit Monaten spart. Er hat dafür bei meiner Mutter Fenster geputzt, geholfen, ein Zimmer bei seinem Vater zu renovieren, und nun nutzt er sogar noch einen Teil seines Geburtstagsgeldes. Das alles für einen Pulli mit einer großen Echse. Ich verstehe es nicht, aber das muss ich ja auch nicht. Heute ist nun der große Tag der Erfüllung. Da die Farbauswahl noch ein Problem war, bot ich mich an mitzukommen. „Joa“, war die missmutige Antwort und ich habe mich gefreut. Wenn er und ich unterwegs sind, passieren oft lustige Sachen.

„Geh doch schon“, sagt er da. „Ich weiß jetzt, welche Farbe.“

Ich grinse schadenfroh. „Nö, ich guck nun schon noch, wie er aussieht."

Er wirkt gefasst. Es ist natürlich inzwischen peinlich, mit mir gesehen zu werden. Ich habe mich an den Zustand gewöhnt, amüsiere mich darüber und ärgere ihn gern ein bisschen mit meiner Anwesenheit. Manchmal drohe ich an, ihn laut bei seinem Kosenamen zu rufen. Wirkt immer.

Die Umkleidekabinen sind voll, also warten wir vor zwei Kabinen inmitten des Verkaufsraums.

Plötzlich wird der Vorhang aufgerissen. Ein kleiner nackter Mann steht vor uns. Er hat nur noch Socken und Schuhe an und seine Kleidung in einem Bündel unter dem Arm. Sein Blick ist vorfreudig. Ich sehe interessiert zu, wie der Mann an uns vorbeirennt und nackt durch die Abteilung flitzt. Man hört vereinzelte Schreie und Lacher seinen Weg begleiten, bald noch mehr Tumult.

Mein Sohn und ich gucken uns an und er zieht fragend eine Augenbraue hoch: „Ist er hier fertig oder kommt der noch mal wieder?"

„Ich glaub, du kannst jetzt rein", sag ich. Dann geht er in die Kabine und probiert seinen Pullover an.

Adventskalenderprobleme

Es ist Freitag und ich stehe bei dm vor dem Regal mit den Reisegrößen. Übermorgen ist der 1. Dezember und ich habe das alljährliche Adventskalenderproblem. Als nicht vorausschauende Mutter habe ich vor Jahren begonnen, meinen Kindern Adventskalender selbst zu basteln. Das bedeutet, sich jedes Jahr für zweimal vierundzwanzig kleine Dinge entscheiden zu müssen, die sie mögen oder wirklich gebrauchen können. Inzwischen ist das aber gar nicht mehr so leicht.

Da die beiden in diesem Jahr bloß entrüstet guckten, als ich vorsichtig fragte, ob sie vielleicht mal einen coolen gekauften Adventskalender haben wollten statt der ollen Säckchen, stehe ich also wie immer vor dem gleichen Problem: Womit soll ich die Säckchen bloß befüllen?

Eine Frau mit einem vielleicht siebzehnjährigen Sohn steht jetzt neben mir.

„Geh doch schon zu Papa", sagt sie mit verdächtig beiläufiger Stimme.

Ich vermute, sie will ihn loswerden. Kann ich verstehen. In der Drogerie muss man in Ruhe gucken können.

Der Junge verschwindet um die Ecke und sie sieht sich die kleinen Tuben Duschzeug aus der Nähe an. Dann geht sie ein Stückchen weiter vor die Kondome und ich denke: Ach so, deshalb.

„Papa ist schon draußen", höre ich da die Stimme des Sohnes wieder.

„Jaja, geh doch zu ihm raus", ruft sie hektisch, aber zu spät. Der Junge steht schon wieder hinter ihr.

„Was machst du denn hier?", fragt er in einer Mischung aus Entsetzen, Ekel und Scham und sieht mit angewidertem Gesicht von ihr zu der Kondompackung in ihrer Hand.

„Das geht dich gar nichts an", sagt sie, wird aber blöderweise ein bisschen rot.

Der Junge ebenso. Er dreht sich um und sagt im Gehen: „Oh Mann, ihr seid so peinlich."

Ich muss grinsen.

Sie schaut mich an und sagt resigniert: „Da sind achtzehn Stück in der Packung! Das hätte meinen Adventskalender gerettet!"

Witze, die man nicht kapiert

Auf meinem Weg stelle ich mich an einer Süßigkeitenbude am Alex an, um gebrannte Mandeln zu kaufen.

„Ich nehm die gleich so", sagt die Frau vor mir. Sie ist um die zwanzig, trägt eine Mütze, unter der lange blonde Haare hervorgucken.

Der Verkäufer hat einen grauen Schnauzer und reicht ihr kandierte Weintrauben am Stil über den Tresen. Während sie auf ihr Wechselgeld wartet, beißt sie ab. Der Mann sieht ihr zu, gibt das Geld heraus und sagt anzüglich: „Da weiß man als Mann doch gleich, was man bekommt."

Sie steht mit den Trauben da und schaut ihn an. Irgendwo spielt blechern *Jingle Bells*.

„Bitte was." Es ist tonlos und weniger Frage als Bemerkung.

„Nix für ungut. War'n Witz." Er lacht, als wollte er seinen Witz verifizieren. Es klappt nicht. Sie starrt ihn an: „Kapier ich nicht."

„Na, ein Witz, haste keinen Humor?"

„Doch. Aber dazu muss ich den Witz kapieren."

„Na", er guckt auf die Weintrauben, dann auf ihren Mund. Sie lässt ihn nicht aus dem Blick. Seiner flackert jetzt. „Alles gut."

„Das weiß ich ja noch nicht."

„Was?", will er wissen.

„Na, das weiß ich erst, wenn ich den Witz verstanden hab."

„Komm schon", sagt der Schnauzer „stell dich nicht doof!"

Sie dreht sich zu mir, ihre Augen sind starr vor Wut: „Kapierst du das?"

Ich schüttele den Kopf: „Nee, auch nicht."

„Was ist jetzt schlimm daran, uns den Witz zu erklären?", fragt sie.

Da wird er wütend. „Haut ab hier. Aber ganz schnell. Alle beide."

Im Umdrehen sagt sie ruhig, aber laut: „Blödes Arschloch!"

Während er uns beschimpft, gehen wir und ignorieren die Blicke der Leute.

„Danke für die Hilfe", sagt sie zu mir.

„Gern, hab ja gar nichts gemacht."

Wir verabschieden uns. Ich sehe noch, wie sie die Weintrauben in einen Mülleimer wirft, dann verschwindet sie zwischen den Menschen.

Und ich denke, dass ich eben echt etwas gelernt habe.

Silvester-Vorsätze

Es ist Silvester, ich bin auf einer Feier und kenne niemanden außer Vala und Gure, den Gastgebern. Ich brauche mal frische Luft und hole meinen Mantel.

Auf dem Balkon steht einer, den ich auch nicht kenne. Wir grüßen uns. Es riecht nach Schwefel. Gelbe Schwaden ziehen vorbei. Der Typ bläst den Rauch seiner Zigarette über den Kreuzberger Hof in den bunten Nachthimmel. Lichter platzen, es knallt und pfeift. Das gefällt mir.

Wir sehen uns an und wissen nicht, was wir sagen sollen, also lehnen wir uns auf die Brüstung und schauen nach unten in den Hof. Von hier oben sieht die Sandkiste aus wie ein Geburtstagskuchen, die bunten Plastikspielzeuge darin wie Smarties. Aus einem Fenster werfen zwei Jungs Böller vor die Mülltonnen.

„Hast du Vorsätze für das neue Jahr?", fragt er da plötzlich.
„Eher Sätze als Vorsätze", sage ich, bin aber zu faul, es zu erklären.
Er drückt die Zigarette in einen Blumentopf: „Ist eigentlich auch besser. Vorsätze bringen sowieso nichts."
Ich freue mich. „Und du?", frage ich dann.
„Ich nehme mir jetzt Sätze vor statt Vorsätze."
Ich muss lächeln, er auch. Wir sehen uns an und verstehen uns.
Es ist ein Moment der Ruhe. Als würden wir uns aus der Sandkiste kennen, hätten die größte Burg der Welt gebaut und viel später Böller an die Mülltonnen geworfen.
Eine rote Supernova explodiert über uns.
Er schaut auf sein Handy. „Noch zehn Minuten."
Ich nicke: „Na dann, bis gleich."
Er lächelt. Dann geht er rein.
Ich atme noch ein paar Mal tief über den Hof.
Wieder drinnen, drückt mir Vala ein Sektglas in die Hand: „Wo warst du denn bloß?"
„Irgendwie weit weg", sage ich.
Mit dem Glas in der Hand gehe ich durch die Räume. Es ist voll. Ich dränge mich bis in die Küche. Fünf, vier, drei, zwei, eins rufen sie.
Aber ich finde ihn nicht mehr. Den, der sich jetzt Sätze vornimmt.

Maximilian Leopold Friedrich Ernst bestellt einen Kaffee

Ich treffe mich mit einer Auftraggeberin zu einer Besprechung in einem dieser Kaffeeläden am Alex. Irgendwie fiel uns nichts Besseres ein. Ich bin zuerst da und die Schlange ist lang, also stelle ich mich schon mal an und behalte den Eingang im Auge.

„Einen Americano und einen Cappuccino bitte", bestelle ich, als ich dran bin.

„Darf ich dich nach deinem Namen fragen?"

„Isobel", sage ich und sehe, wie die junge Frau Isabel auf einen Zettel schreibt. Macht aber nichts. Kenne ich ja schon. Inzwischen reagiere ich auch auf Isabel.

Während ich auf meinen Kaffee warte, ist ein älterer Herr an der Reihe.

„Guten Tag", sagt er. „Ich möchte einen Kaffee."

Die Verkäuferin zeigt lakonisch auf die ausladende Tafel hinter sich.

Der Mann studiert die Tafel eingehend. Dann sagt er: „Also einen Filterkaffee. Mit Kaffeesahne. Und wenn es geht, schön heiß, gutes Fräulein."

„Mit normaler Sahne oder lieber veganer Milch? Wir haben Soja-, Mandel- und Hafermilch. Vielleicht noch Sirup dazu?"

Der alte Mann schaut hilflos.

„Einfach Kaffeesahne, wissen Sie, aus den kleinen Behältern, mit denen man sich beim Öffnen bekleckert", erklärt er.

„Diese Art Kaffeesahne haben wir leider nicht. Wollen Sie Schlagsahne?"

„Nun ja", sagt er, umfasst sein kleines Bäuchlein mit beiden Händen und lächelt: „Da freuen wir uns. Heute ist offenbar ein Festtag."

„Gut, wie ist bitte Ihr Name?"

„Mein Name?", fragt der Herr irritiert.

Sie nickt und hält den Stift hoch: „Zum Zuordnen der Tasse."

„Wollen Sie den vollen Namen?“

„Der Vorname reicht mir.“

„Maximilian Leopold Friedrich Ernst.“

Die junge Frau guckt auf, lacht und sagt: „Das passt nicht auf unsere Zettel. Ich schreibe Max Punkt, o.k.?“

„Bitte, nur zu“, nickt der Herr. „Sie können auch einfach Poldie schreiben. So nannte mich meine Frau immer.“

Hundeliebe

Eine Frau mit zwei Hunden an der Leine kommt in die S-Bahn. Sie stellt sich mittig an die Stange in den Bereich der Türen und redet mit den Hunden.

„Macht schön Platz. Na kommt, macht Platz.“ Die beiden Hunde legen sich hin. Sie sind groß und sehr gepflegt. Das Fell des einen ist hell, sandfarben und sauber, das des anderen schwarz und hochglänzend. Diesen Hunden geht es gut bei der Frau. Sie selbst dagegen wirkt verwahrlost. Ihr Haar ist ungewaschen, ihr Alter nicht einschätzbar, das Gesicht lebensgegerbt, die Hände aber glatt und jung. Sie trägt mehrere Taschen und einen großen Rucksack, an dem Hundespielzeug und allerhand anderes hängt.

„Jaja, jetzt gibt es ja was“, sagt sie, setzt ihren Rucksack ab, löst vier daran befestigte Näpfe und stellt sie vor die beiden auf den Boden. Dann holt sie eine Flasche hervor und füllt Wasser in zwei der Näpfe. Die Hunde trinken. Die Umstehenden schauen zu, manche grinsen oder murmeln etwas. Als nächstes holt die Frau zwei Dosen Hundefutter hervor. Sie öffnet eine, sucht nach einem Löffel und füllt sie gerecht aufgeteilt in die übrigen beiden Näpfe. Es riecht nach Hundefutter. Die Leute sehen stirnrunzelnd hin und wieder weg. Als sie die zweite Dose öffnen will, bricht die Metalllasche ab.

„Alles muss man selber machen", flucht sie.

Die Hunde schauen sie kurz aufmerksam an, fressen dann aber weiter. Sie kramt in ihrem Rucksack, räumt ihn dabei halb aus und fördert ein Stoffbündel, eine Waschtasche, mehrere gerollte Plastiktüten und schließlich einen Dosenöffner zutage. Mit diesem öffnet sie die zweite Dose und füllt die beiden Näpfe auf.

„So, ist ja gut", sagt sie beruhigend.

Ein Mann schüttelt missbilligend den Kopf.

Sie sieht ihn nicht. Sie sieht nur die beiden fressenden Hunde und lächelt.

Schafe

Es ist Anfang des Monats und ich stehe in der Schlange vor dem BVG-Schalter mit schätzungsweise zwanzig Leuten, die ungünstigerweise alle vor mir stehen. Die meisten sehen entweder genervt oder gelangweilt aus. Ich auch. Nur der vor mir scheint irgendwie gut drauf zu sein. Er hört Musik durch gigantische Kopfhörer und bewegt die Füße im Takt. Irgendwann sieht er sich suchend um, dreht sich dabei auch zu mir und guckt irritiert. Er dreht sich wieder nach vorn und wieder zurück zu mir, nimmt den Kopfhörer ab und sagt: „Irgendwas riecht hier komisch, oder?"

„Tja, das bin wohl ich." Ich mache ein entschuldigendes Gesicht. „Ich rieche nach Schaf."

Irgendwie findet er diese Aussage vielleicht merkwürdig, denn er sieht einfach wieder nach vorne.

Seit Langem habe ich mir mal wieder einen Mantel

gekauft. Es war nicht geplant, aber nicht zu vermeiden, denn er war so weich, dass ich ihn nicht mehr ausziehen konnte. Ab da gehörte er zu mir. Das Leben war schön mit diesem Mantel. Wir gingen im letzten Herbst schon bei zwanzig Grad spazieren, riefen die kalten Tage herbei und nahmen jeden Blick, der uns streifte, als Kompliment.

Bis zu dem Tag, an dem es regnete und ich und der Mantel in den Regen kamen. Seitdem umgibt mich ein dezenter Schafsgeruch, von dem ich bisher nur annahm, dass ich ihn rieche. Aber offenbar hat der Typ vor mir eine sehr feine Nase.

Ich habe schon alles probiert. Den Mantel im Wollwaschgang gewaschen, ihn danach geföhnt, warum auch immer, ihn mit einem Duft eingesprüht oder ihn vierundzwanzig Stunden auf dem Balkon lüften lassen. Es hilft nicht. Das Schaf schlägt immer wieder durch. Ich werde mich wohl daran gewöhnen müssen und beäuge schon aufmerksam jeden mir entgegenkommenden Hund, ob er hütende Anwandlungen in meiner Nähe bekommt. Bisher zum Glück noch nicht.

Ich bin in der Schlage weiter nach vorne gerutscht, als eine ältere Frau zwei Plätze vor mir laut sagt: „Hier riecht es aber kräftig nach Bock."

„Schaf", sagt der Kopfhörertyp und zeigt, ohne sich umzudrehen, mit dem Daumen auf mich.

Ich winke von hinten und sage: „Das ist mein Mantel. Ich habe alles versucht und verzweifle schon langsam."

„Ah, da habe ich einen Trick", meint die Dame. „Einfach beim Duschen ins Badezimmer hängen. Der Dampf vertreibt den Geruch. Und wenn das noch nicht hilft, dann mit einem Dampfbügeleisen bedampfen, aber schön vorsichtig, damit der Stoff nicht eingeht."

„Ach“, sage ich erfreut, „vielen Dank. Das werde ich heute noch ausprobieren.“

Die alte Dame nickt fröhlich. Der Typ grinst und sagt: „Määh.“

Ich mähe zurück. Dann stehen wir alle wieder ergeben an, bis wir an der Reihe sind.

Biologen-Porno

In der S-Bahn sitzt mir ein Mädchen gegenüber, neben ihr ein Rucksack, aus dem sie handgeschriebene Blätter holt. Zwischen dem Text sind Zeichnungen und grün markierte Begriffe. Sie sieht brav aus. Die Sorte brav, die wir früher in dem Alter befremdlich fanden. Das Alter, in dem Derya und ich mit Domestos-Jeans und Pyjamaoberteilen aus Papas Schrank herumliefen, uns die Haare lila färbten und Anarchie- oder Frauenpower-Buttons am Revers unserer Priestermäntel trugen. Also ich zumindest. Derya hatte blaue Haare, die irgendwann grün-grau wurden, vielleicht von der Sonne.

Das Mädchen hier dagegen trägt ihre Haare braun, lang und glatt in einer Spange, ein konservatives Jäckchen mit Bluse und am Finger einen Perlenring. Ihre Hände sind feingliedrig und der Platz an der linken Hand zwischen Daumen und Zeigefinger ist leer. Nichts steht dort mit Kuli zur Erinnerung wie bei mir immer noch.

Yorckstraße winkt sie und macht Platz für einen Typen. Der sieht schon normaler aus. Jeans, Lockenkopf und Parka. Er riecht nach Zigarette und setzt sich breitbeinig. Sie begrüßen sich mit Küsschen.

„Na?“ Er schaut auf ihre Blätter: „Hab ich was verpasst?“

„Oha!" Sie macht runde Augen. „Heute ist doch die Bio-Klausur."

„Kacke." Er reibt sich mit den Händen das Gesicht.

„O.k., sag mal schnell, was drankommt."

„Gelelektrophorese. Da, guck." Sie hält ihm ein Blatt unter die Nase.

Er wehrt es ab wie ein Vampir eine Knoblauchzehe: „Nee, erzähl mal."

„Die Gelelektrophorese ist zum Sortieren von Molekülen der DNA nach Größe. Agarose wird in Elektrophoresepuffer gelöst und erhitzt ..."

Er zieht ein Gesicht: „Das war der Biologen-Porno, den wir als Film gesehen haben."

Sie lächelt nachsichtig: „Genau, jetzt weißt du es wieder. Der Gelelektrophoreseporno."

Kurze Pause. Dann sagt sie: „Eigentlich muss man bei euch Jungs immer nur Porno anfügen, dann könnt ihr euch wirklich alles merken."

Sport zu Hause

Meine Freundin Wiebke kommt zu mir und hat eine DVD dabei, die verspricht, dass man in vier Wochen wirklich fit wird. Wollen wir gar nicht werden, aber wir wollen uns mit Blick auf das bald zu erwartende Weihnachtsfest vorsorglich Kilos heruntersporteln. Und da wir beide Fitnessstudios nicht leiden können, kam Wiebke auf die Idee, es einfach ganz bequem von zu Hause aus zu probieren.

„Alles klar", sagt sie voll motiviert, „zwanzig Minuten am Tag. Ist doch super."

Sie hat sich ein Handtuch um die Schultern gehängt und schaut munter. Wir beginnen mit der Aufwärmphase, während wir barfuß in Leggins und Tops vor meinem alten Fernseher stehen und dabei zusehen, wie vier Frauen mit bauchfreien Oberteilen fröhliche Hampelmänner machen und dabei lachen. Drei Minuten lang. Wir machen mal mit und schon nach etwa einer Minute habe ich keine Lust mehr. Wiebke guckt mich entsetzt an, während sie weiterhampelt.

„Ich lass das mal grad aus“, sage ich, schon rot im Gesicht und die Fernbedienung in der Hand.

Wiebke stoppt und keucht: „O.k., switch weiter.“

Die nächste Übung sind Sit-ups. Wir schauen auf die definierten Bauchmuskeln der geradezu dürren Frauen und Wiebke setzt sich mit verschränkten Armen auf den Teppich. Wir starren auf den Bildschirm.

„Die Musik ist ja schlimm“, sagt Wiebke.

Ich nicke. „Und das schreckliche Dauergrinsen.“

„Irgendwie peinlich. Und findest du die auch schon gar nicht mehr schön, so trainiert? Ich meine, die Bäuche sehen ja aus wie bei Männern.“

„Hm, stimmt“, brumme ich. „Gucken wir weiter?“

Wiebke nickt.

Jetzt steppen die Frauen hin und her und reißen vor dem Absetzen immer die Beine bis an den Oberkörper hoch.

„Puh“, macht Wiebke. Ich setze mich neben sie.

„Also mir ist schon warm“, sage ich.

„Dann geh mal auf Menü und drück auf Kraftübungen“, schlägt sie vor.

Es gibt eine lange Einführung und dann legen sich alle Frauen zu dumpfen Technoschlägen wie auf Kommando in das Brett. Man soll die Übung so lang halten, wie es geht. Wir versuchen es. Nach etwa zwei Minuten geht nichts mehr. Ich liege auf der Erde und denke, dass ich den Teppich saugen sollte. Dann fällt mir ein, dass noch zwei Texte auf mich warten und ich auch noch Rechnungen schreiben müsste.

„Och“, stöhne ich bei dem Gedanken daran und drehe mich auf den Rücken. Wiebke kriecht zu mir heran, legt ihren Kopf auf meine Beine und gemeinsam schauen wir zu, wie die anderen Liegestütze machen.

„Come on, ladies“, brüllt die Vorturnerin aus dem Fernsehen. Wiebke guckt mich an und sagt: „Als wäre es interaktiv und die kann uns grad sehen.“

Ich muss lachen. Jetzt lacht auch die Vorturnerin.

„You can do it“, ruft sie, während die Frauen ihre gestreckten Arme mit zwei Hanteln nach oben, dann nach vorn und schließlich nach hinten strecken. „Gruselig“, finde ich.

„Ist bestimmt super gegen Winkearme“, sagt Wiebke.

Ich nicke faul und winke die Nachbarskatze heran, die am Fenster wartet. Sam kommt und legt sich zwischen Wiebke und mich. Wiebke streichelt sie und Sam schnurrt.

Nach weiteren zehn Minuten sind die Übungen vorbei. Der motivierende Technotrack des Menüs läuft in Dauerschleife. Sam streckt sich. Ich setze mich auf und seufze erleichtert.

„Ich habe Durst“, sagt Wiebke, steht auf und holt uns zwei große Apfelsaftschorlen aus der Küche.

Wir stoßen an und sie sagt: „Mit Ihnen treibe ich am liebsten Sport.“

„Ja, das war wirklich schön“, finde ich.

Geben und Nehmen

Freitagnachmittag und in der U9 ist es voll. Eine Frau hält ihre Kinder auf dem Schoß. Der Junge ist etwa vier, das Mädchen sechs Jahre alt. Sie wirken herausgeputzt. Das Mädchen trägt weiße Strumpfhosen, der Junge neue Schuhe und die Mutter einen hellen Mantel. Ich überlege, wohin sie fahren. Vielleicht zum Geburtstag der Oma.

Die Türen gehen auf und Menschen schieben sich hin und her. Zwei Männer mit Hund trinken Bier und sind gut drauf. Sie lachen. Ihre Kleidung wirkt abgetragen und schmutzig, einer trägt einen langen Bart. Vielleicht obdachlos, überlege ich.

Der Junge patscht gegen die Stange und ruft „Hundie, Hundie".

Der mit dem Bart wird aufmerksam. „Bouncer, komm ma rum hier."

Er führt den Hund zu den Kindern, die ihn begeistert streicheln. Das Gesicht der Mutter ist bemüht. Der Mann bewegt die Ohren des Hundes und imitiert dazu eine Stimme. Es riecht nach Bier. Die Kinder lachen.

„Wie heißt ihr zwei denn?" Der Mann kramt in seiner Hosentasche.

„Emily und Marvin", antwortet die Mutter knapp.

Der Mann schaut auf ein paar Münzen in seiner Hand und steckt jedem Kind ein Zwei-Euro-Stück zu.

„Hier. Für die Spardose. Oder wat Süßes, wenn Mama das erlaubt."

Der Kleine strahlt und ruft ganz laut „Danke schön!"

Das Mädchen schaut die Mutter an.

„Entschuldigung, aber das geht nicht. Das können wir nicht annehmen."

Die Stimme der Mutter kickst schrill. Auf ihrem Hals sind rote Flecken.

„Keine Ursache. Mach ick gern."

„Ist nett, aber das ist nicht nötig." Sie nimmt den Kindern das Geld aus der Hand und hält es ihm hin. „Nehmen Sie."

„Nee, echt", wiederholt er, sieht ihren beschämten Gesichtsausdruck, den bestimmend ausgestreckten Arm und nimmt das Geld wieder zurück. Sein Blick ist verletzt. Ihrer ebenso. Am nächsten Halt winkt er den Kindern noch mal zu, dann steigen sie aus.

Abschied von einer Weste

Mein Sohn räumt sein Zimmer auf und hält mir eine orange Weste hin.

„Hier, die kann jetzt echt mal weg", sagt er. „Ich verschenke sie an die Nachbarskinder."

„Ja?", frage ich etwas zweifelnd.

Die Weste war mal ein Geschenk von einem Arbeiter auf einer Baustelle und ich habe sie nicht nur einmal verflucht.

Baustellen gehörten früher zu den Topevents unserer Ausflüge. Mit Opa, Oma und dem Auto in ein Parkhaus zu fahren, bei jeder Kurve die Arme hochzureißen und zu spielen, man wäre in der Achterbahn, war schon auch gut und Pfützenspringen sowieso immer beliebt, aber gegen das Baustellenstehen kam nichts an.

Die Baustellenevents nervten mich leider, weil sie immer auf unseren Wegen zwischen A und B stattfanden. Also zwischen Zuhause und der Kita oder am Nachmittag zwischen Kita und Supermarkt, und ich hatte es ja schließlich eilig. Die Kinder nicht. Während ich meine Lebenszeit vor Baustellenzäunen ablaufen sah und an die Studienarbeit zu Hause dachte, staunten die Kinder jeden Bagger, die Lastfahrzeuge und ganz groß die Kipplaster an. Betonmischer, Planierraupen oder – Mega-Highlights – Kräne feierten sie bei jeder Bewegung.

Inzwischen kannte man uns schon als Zaungäste auf einer Baustelle, und als einer der Bauarbeiter meinem Sohn bei Bauabschluss zum Trost eine neonorange Weste schenkte, war das der Beginn eines dauerhaften Streits um eine blöde orange Weste. Meine Tochter wollte das Ding natürlich auch, und ich sagte eilig: „Na ja, die gehört ja jetzt euch beiden."

Damit begann die Misere. Diese Weste war neben Süßigkeiten, dem letzten Fischstäbchen oder Pfannkuchen (die man ja physisch teilen konnte) ein ewiger Grund zu streiten, und die beiden führten erbitterte Verhandlungen, wer wann diese Weste tragen durfte. Sie einigten sich irgendwann auf orange Tage und nichtorange Tage. Die Trägerin bzw. der Träger der orangefarbenen Weste musste sie damit dem anderen am Abend vors Bett legen, damit dieser sie morgens als Erstes anziehen und somit seinen orangefarbenen Tag direkt beginnen konnte. Am Nachmittag haute das orange Kind in der Weste mit den Klöppeln vom Xylophon auf die Möbel oder den Boden ein, während das andere Kind mit einem Helm, der aus einem aufgesetzten luftleeren Fußball bestand, die Arbeit begutachtete und noch hier und da etwas nachklöppeln ließ.

Ich habe diese Weste wirklich oft verwünscht, denke ich jetzt, während mein Sohn sie in seinen Rucksack packt und sich zusammen mit einem Playmobilschiff zu den Nachbarskindern aufmacht.

Als er aus der Tür ist, fällt mir aber ein, dass meine Tochter, als mein Sohn einmal schwer krank war, ihm die Weste auf sein Bett legte und drohend sagte:

„Die darfst du jetzt behalten, aber nur, wenn du schnell gesund wirst."

Und da hat die Weste dann mal geholfen.

Mundduschenmode

Ich sitze im Bus. Vor mir zwei Mädchen mit kabellosen Kopfhörern, die sie im einander abgewandten Ohr stecken haben. Sie reden und hören nebenher Musik.

Eine alte Frau sitzt neben mir und macht ein glucksendes Geräusch. Ich schaue vorsichtig, lächle freundlich.

Sie sagt: „Ach, wissen Sie, ich dachte immer, die Jugend von heute trägt elektrische Zahnbürstenköpfe in den Ohren. Aber dann hat mir mein Enkel erklärt, dass es Mundduschen sind."

Ich lache ein leicht künstliches Haha und denke währenddessen angestrengt nach: Nimmt sie mich auf den Arm? Oder merkt sie nicht, dass ihr Enkel sie auf den Arm genommen hat? Kläre ich sie auf? Oder mache ich mich damit komplett lächerlich?

Ich lache immer noch zur Überbrückung. Sie ebenso.

„Stellen Sie sich das mal vor", lacht sie.

„Der ist gut", sage ich und schaue sie misstrauisch forschend an, muss aber leider aussteigen. „Tschüss", piepse ich und klinge wie ein schüchternes Schulkind.

„Alles Gute", sie lacht fröhlich. Ich bin komplett verunsichert.

Draußen dann hoffe ich geradezu, dass sie mich auf den Arm genommen hat. Denn falls nicht, wurde sie von ihrem eigenen Enkel veräppelt. Und falls sie es in diesem Fall noch anderen Leuten erzählt und es jedem so geht wie mir, wird diese alte Frau immer denken, die Menschen stecken sich heutzutage Mundduschenköpfe in die Ohren und finden das cool.

Orcamütter

Ich beobachte eine Mutter in der S-Bahn. Sie ist etwa mein Alter, das Kind auf ihrem Schoß vielleicht ein knappes Jahr alt und es trägt eine Erdbeermütze auf dem Kopf. Genau so eine hatte meine Tochter auch, liebevoll gestrickt von meiner Mutter. Inzwischen liegt die kleine Erdbeerenmütze in der Kiste für die Enkelkinder, auf die ich mich schon maßlos freue.

„Du bist wie eine Orcamutter", meinte mein Sohn neulich und schickte mir ein Bild von einem Orca, unter dem stand: Orcamütter versuchen ihre heiratsfähigen Söhne zu verkuppeln, weil sie Enkelkinder wollen.

„Gewagte These", fand ich, „aber verständlich. Ich würde nur nicht ganz so weit gehen. Oder vielleicht noch nicht jetzt." Ich lachte und seitdem nennt er mich manchmal „Orca-Mama".

Die kleine Erdbeere auf dem Platz gegenüber will jetzt keine doofe Apfelschnitte mehr, sie zeigt deutlich auf die Tasche, die am Wagen baumelt, und schreit aus vollem Hals. Alle gucken. Die Mutter wird nervös.

Ich erinnere mich noch gut, wie das war, und bin froh, dass ich das hinter mir habe. Ich weiß gar nicht, ob ich das noch so schaffen würde, die durchwachten Nächte, die Krankheiten, die Sorgen, das Immer-ansprechbar-sein-Müssen. Enkelkinder dagegen bedeuten vor allem Spiel und Spaß mit wenig Verantwortung. Schließlich kann man Enkel unfassbar verwöhnen und verhätscheln, wird nur bedingt und nur manchmal für die strengen und erzieherischen Aspekte zuständig gemacht und wenn man die Kleinen wieder abgegeben hat, verfügt man wieder über seine eigene Zeit.

Die kleine Erdbeere sitzt inzwischen in ihrem Kinderwagen und ist still, weil sie den geforderten Löffelbiskuit aus der Tasche bekommen hat. Sie schmonzt ihn sich in einem Brei über Gesicht und Sabbertuch. Ich muss lächeln und sie lächelt zurück und zeigt zwei kleine Hasenzähnchen. Das Kind ist glücklich. Die Mutter hat die Augen geschlossen und genießt zwei Minuten für sich. Vielleicht träumt sie ja von den Enkelkindern.

Alles ist grau

Die S-Bahn hält am Anhalter Bahnhof, als ich die Frau sehe und weiß, dass sie sich mir gegenübersetzen wird. Es ist ein Gefühl.

Sie setzt sich, hält ihre Handtasche mit beiden Händen, steht auf und streicht ihren Mantel glatt, setzt sich, erhebt sich wieder und glättet den Mantel erneut. Ich denke an einen Hund, der sich vor dem Hinlegen dreht, um imaginäres Gras niederzutreten. Ihr Haar ist grau. Ihr Gesicht, ihr Mantel, die Tasche, ihre Augen, ihr Blick – alles ist grau. Ich denke an Momos graue Herren.

Sie dreht sich zu ihrer rechten Seite und sieht den Mann neben sich an. Er schaut auf sein Handy. Ab und zu sagt er etwas zu der Frau neben mir. Ich mag den Klang. Es ist, als würde Wasser eines Flusses über Steine gurgeln. Vielleicht ist es Hindi, überlege ich.

Die graue Frau dreht den Kopf immer wieder zu ihm, dann starr zu mir. Der Mann sieht sie irritiert von der Seite an, sobald sie zu mir sieht.

Im Tunnel quietscht es schrill. Sie spricht mit mir. Ich kann sie nicht verstehen.

„Bitte?“, frage ich und sie sagt: „Schrecklich, oder?“

Ich nicke und meine das Quietschen.

Sie macht eine ruckartige Kopfbewegung zu dem Paar und eine abwertende Geste. Das gefällt mir nicht. Mein Herz klopft. Ich werde rot vor Wut und Scham, runzle die Stirn und schlucke: „Was meinen Sie?“

Die Graue antwortet nicht. Ich sehe sie an und frage wieder: „Was meinen Sie?“

Sie sieht weg. Dann steht sie auf und steigt aus.

Ich begegne dem Blick des Mannes. Er lacht und wischt sich mit der Hand vor dem Gesicht hin und her, sagt etwas, das ich nicht verstehe.

„Der Winter macht alle gaga“, übersetzt die Frau und schaut beschwörend. „Mein Vater versteht kein Deutsch.“

Ich verstehe. Ich nicke ihm zu, lächele, wische auch mit der Hand vor meinem Gesicht.

Seine Tochter lächelt mit traurigen Augen.

Überall Irre

Wieder bin ich in der S-Bahn. Ich setze mich auf einen der Dreiersitze neben eine sehr bunte Frau und höre Musik. Die Frau sieht ein bisschen verrückt aus und ich überlege, warum. Sie trägt eine gelbe Pudelmütze und riesige Kopfhörer darüber, außerdem irgendwie alle möglichen Farben an sich. Ihre Tasche ist lila, die Schuhe rot, die Jacke grün-rot-blau-grau, und sie trägt einen gelben Schal, passend zu ihrer Mütze. In der gegenüberliegenden Scheibe sehe ich neben ihr aus wie ein Rabe.

Gegenüber sitzt ein Typ über ein Buch gebeugt. Er trägt

eine rote Maurerhose und schwere Arbeitsschuhe, dazu ein Cap tief ins Gesicht gezogen. Er schlägt die Seite um und da sehe ich, dass er Harry Potter liest. Den *Feuerkelch*. Als er aufsteht, um auszusteigen, bemerke ich erst, wie riesig er ist. Der Kerl ist ein Bär. Außerdem trägt er unter dem Cap eine runde Brille wie die von Harry Potter. Irgendwie finde ich das niedlich. Ich muss lächeln.

Statt Harry Potter lächelt ein anderer zurück. Ich gucke schnell weg, nach einer kurzen Weile aber wieder hin. Er hat auf dem freigewordenen Sitz Platz genommen, die Beine übereinandergeschlagen und telefoniert sehr laut und mit abgewinkeltem Arm. Es wirkt ziemlich selbstgefällig. Ich schaue verstohlen. Der Mann trägt Mantel und Anzug, eine Krawatte, die ihm bis über den Hosenschlitz hängt, und blank gebürstete Lederschuhe. Die Krawatte finde ich verdächtig. Sein Aktenkoffer liegt auf seinem Schoß und er trommelt mit dem Daumen einen nervösen Takt darauf.

„Du, da machen wir kurzen Prozess. Nee, da kenn ich gar nichts“, ruft er in den Hörer und lauscht kurz auf eine Antwort. „Nee, das hat er verwirkt. Der kann sich zum nächsten Ersten verabschieden.“ Er hört wieder zu. „Ach so, na dann im Dezember.“

Soso, denke ich.

„Ich bereite das heute vor. Sitzung dann am Montag. Ja gut, tschüss.“

Er sieht mich an, aber ich schaue durch ihn hindurch, als würde ich mit offenen Augen schlafen. Das kann ich besonders gut. Ich bin eine geübte Schläferin mit offenen Augen.

Der Geschäftstyp klappt seinen Koffer auf und holt seinen Laptop heraus. Er öffnet ihn und tippt zwei Stationen lang wild herum. Ab und zu zieht er die Augenbrauen zusammen, als würde er angestrengt nachdenken, und einmal seufzt er, als habe er schwere Entscheidungen zu treffen. Dann öffnet er den Taschenrechner auf seinem Handy und tippt wild darauf herum.

Die S-Bahn fährt in den Tunnel. Ich schaue in das Fenster und sehe in der Spiegelung das Laptop-Display. Ich schaue ungläubig. Eine Waffe ist zu sehen, die sich in einem Tunnelsystem um Ecken schleicht. Er spielt einen Ego-Shooter. Ich schaue die Frau neben mir an. Ich glaube, sie hat es auch gesehen. Sie sieht zu dem Mann und macht ein Gesicht wie: Da haben wir es wieder, überall Irre.

Diesmal muss ich richtig auflachen.

Der Typ gegenüber blickt auf und man sieht ihm an, dass er denkt: Alles klar, die hat einen Knall.

Ausgehen mit bald achtzehn

Meine Tochter geht heute wieder auf eine Party, während ich auf dem Sofa lümmele und in mein neues Buch hineinlese. Einlesen ist noch nicht Lesen. Einlesen ist ein bisschen wie den Trailer eines Films gucken. Man schaut schon mal hinein, um die Vorfreude zu erhöhen und einen ersten Eindruck zu erhalten, liest dann den ersten Satz und die erste Seite quer, um den Ton zu erfassen, schaut den Einband genau an, streicht mal darüber und beschließt erst daraufhin, richtig anzufangen.

Irgendwie sind immer Partys, wenn man bald achtzehn ist, erinnere ich mich. Um einen herum wurden damals ja auch alle anderen achtzehn, und die, die noch ein Jahr jünger waren, feierten ihren Geburtstag aber auch schon wie einen achtzehnten. Insofern hat meine Tochter manchmal die Qual der Wahl, und weil man auf keinen Fall etwas verpassen möchte, ist man im Stress. Man muss Wege planen, Geschenke organisieren, sich mit den anderen absprechen und sich natürlich vorher zurechtmachen.

Als sie mit einer verdächtig klirrenden Jutetasche vor dem Sofa steht, sagt sie: „O.k., also dann."

Ich nicke. „Was meinst du, wann du so ungefähr da sein wirst?", frage ich und sie zuckt die Schultern: „Kann ich echt nicht sagen."

„O.k.", sage ich, „aber du kommst doch mit den anderen nach Hause, oder?"

Sie nickt.

„Und wo gehst du hin?"

„Irgendwo nach Kreuzberg."

„Oh", sage ich, „und wohin genau?"

Sie zuckt mit den Achseln.

„Na ja", sage ich und merke schon, die Stimmung wird gereizt. „Dann viel Spaß. Vielleicht schickst du mir ja mal ein Herz, wenn du dich auf den Heimweg machst?"

„Alles klar", sagt sie und gibt mir einen Kuss. Ein leichter Wind geht, bevor ich die Haustür ins Schloss fallen höre.

Ich halte das Buch noch geschlossen und frage mich, warum ich bis auf die Sache mit dem Herz die gleichen Fragen stellen und nervigen Anmerkungen bringen muss wie meine eigenen Eltern damals. Als würde es irgendwo einen Leitfaden für Eltern mit pubertären Kindern geben, denke ich. Anders als ich hatten es meine Eltern im Vergleich schwerer, weil sie über keinerlei Kontaktmöglichkeiten zu uns verfügten, wenn wir ausgingen, und auch keine Ahnung hatten, wo wir uns überhaupt aufhielten. Ich erinnere mich an die Zeiten mit lila Haaren und zerrissenen Jeans, an die Feiern in den ausgebauten Kellern von

Freunden, im Park, auf Spielplätzen, in Wagenburgen oder bei Leuten in Häusern, die ich weder kannte, noch dass ich mich hätte erinnern können, wie ich dorthin gelangt war, geschweige denn irgendjemandem hätte mitteilen können, wo ich mich genau befand.

Ich erinnere mich daran, dass wir mal zu irgendeiner ominösen Party trampen wollten. Eine von den Partys, von denen man immer nur von irgendwoher gehört hatte und bei denen nie ganz klar war, ob sie wirklich stattfanden oder erst in ein oder zwei Wochen. Wir waren zu acht. Derya und ich standen vorn an der Straße und hielten den Daumen raus, während die sechs Jungs sich alle hinter Mülltonnen versteckten und im passenden Moment hervorspringen sollten. Wir fanden, das sei klüger, als direkt als Gruppe vorn an der Straße zu stehen. Das Ziel war, zwei Autos zum Halten zu bewegen und sie dazu zu überreden, uns ein Stück in Richtung Mitte mitzunehmen. Lustig war dann, dass zu unserer größten Überraschung ein riesiger Reisebus anhielt. Die Jungs kamen viel zu früh hinter den Mülltonnen hervor, komplett aus dem Häuschen, weil wir es geschafft hatten, einen Reisebus anzuhalten, was wahrscheinlich damals die Königsdisziplin des Trampens darstellte. Der Bus öffnete die Türen und lud uns auf eine kostenlose Stadtrundfahrt bei Nacht ein. O.k., warum nicht, dachten wir, vielleicht setzt der uns ja irgendwo unterwegs auf dem Weg zur Party ab. Drinnen saßen sehr fröhliche Paare im Alter unserer Eltern aus dem Rheinischen, alle hatten komische Hüte auf, und wir nahmen grölend hinten Platz. An die Fahrt kann ich mich nicht mehr erinnern, auch nicht, warum wir vergaßen, auf die Party zu gehen. Aber sehr wohl noch daran, dass wir, als uns der Bus nach etwa anderthalb Stunden, während die

Sonne gerade aufging, wieder genau an unserer Einstiegsstelle absetzte, alle müde waren und einfach nach Hause gingen. Am nächsten Tag kam uns die Reisebusgeschichte wie ein kollektiver Traum vor.

Ich nehme mein Handy, schicke meiner Tochter ein Herz, als Zeichen, dass es mir gut geht auf meinem Sofa, das sie mit einem tränenlachenden Gesicht beantwortet, und beginne, in meinem Buch zu lesen.

Als sie irgendwann mitten in der Nacht nach Hause kommt, liege ich schon seit Stunden in meinem Bett, schlafe tief und fest und bekomme rein gar nichts mit.

Wenn die Welt grad voll in Ordnung ist

Ich stehe an der vollen Kasse im Bioladen und bin genervt. Ich habe genau vier Sachen. Cornflakes, ein Päckchen Vanillezucker, sechs Eier und einen Kokos-Zartbitter-Riegel für den Nachhauseweg. Die Schlange ist lang und reicht bis vor das Chipsregal. Ich ignoriere die vielen Tüten angestrengt, reiße dafür schon mal meinen Riegel auf, beiße ab und sehe nach vorn. Direkt vor mir steht ein Erfolgstyp mit einem knallvollen Wagen. Vor ihm eine alte Dame mit rotem Mützchen, die ähnlich wenig Ware im Korb hat wie ich. Nur zwei Rüben und ein paar Kartoffeln. Der Typ vor mir tappt ungeduldig mit dem Fuß und schaut dabei auf ein gigantisches Handy. Er ist mir irgendwie unsympathisch.

„Kommen Sie bitte auch an Kasse zwei", ruft ein Mitarbeiter, und das bringt die Schlange in Bewegung. Die alte Dame will auch zur zweiten Kasse, sie wird aber von mehreren Leuten überholt und von dem Erfolgstypen fast noch durch eine herausstehende Palette Apfelsaft beiseite gerammt. Sie bleibt stehen.

„Bitte“, sagt sie resigniert zu mir und will mir den Vortritt lassen.

„Alles gut“, sage ich und halte den Schokoriegel hoch, „ich habe grad keine Eile.“

Sie wackelt mit dem Kopf, stellt sich vor mir an und sagt: „Ihr jungen Leute habt es doch immer eilig.“

„Manchmal schon“, gebe ich zu.

Dann dreht sie sich zu mir und hält ihre Hand an die Seite ihres Mundes. Ich beuge mich etwas zu ihr herunter.

„Mein verstorbener Mann hat immer gesagt, der wahre Charakter eines Menschen zeigt sich, sobald eine zweite Kasse aufgemacht wird.“

Sie zeigt auf den Typen vor uns. „Mehr muss man bei dem nicht wissen.“

Ich grinse. Sie auch. Dann dreht sie sich nach vorn.

Denn mehr gibt es nicht zu sagen, wenn die Welt grad voll in Ordnung ist. Im Biomarkt an der zweiten Kasse.

Yoga online

Seit Kurzem findet mein Yogakurs immer online statt. Praktischerweise kann man virtuell mehrere Gruppen zusammenfassen, also treffen wir uns etwa zu zwanzigst auf Zoom und strecken, dehnen und verrenken uns vor den heimischen Bücherregalen, Zimmerpflanzen und Esstischen auf Matten über Teppichen oder Dielen. So weit so gut. Neulich aber ist bei mir gar nichts gut. Nach der Begrüßung und der anschließenden Entspannung springt mein Bildschirm plötzlich auf eine Miniaturversion seiner selbst ohne jede steuerbare Handhabungsmöglichkeit um. Wir Teilnehmer*innen sind bereits alle stumm geschaltet, ich kann mich also nicht mehr bemerkbar machen, die

Yogalehrerin beginnt mit den ersten Asanas und ich sitze so da, höre kaum etwas, sehe gar nichts, denn der Bildausschnitt ist zu klein und sieht genau aus wie ein Foto-Negativstreifen. O.k., was machen. Ich klicke verzweifelt hier und da, versuche das Fenster aufzuziehen. Nichts. Ich rufe meinen Sohn und zeige bittend auf das Problem. Er schaut kurz drauf, sagt: „Klick doch da mal doppelt. Nee, da."

Nichts passiert. Er zuckt die Achseln: „Weiß ich auch nicht. Wann gibt's was zu essen?"

Ich sehe ihn stirnrunzelnd an: „Ich hab doch grad Yoga, mach dir ein Brot."

„Dann sehen die mich da ja." Er zeigt auf den Laptop, der so ausgerichtet ist, dass man im Hintergrund die Küche sehen kann.

„Die machen doch Yoga. Aber ich kann meinen Bildschirm ausstellen, dann sehen sie uns nicht mehr."

Ich schalte meinen Bildschirm in der noch einzigen möglichen Funktion aus. Die Audio-Übertragung ist inzwischen unterirdisch. Blecherne Geräusche wie aus dem Weltraum überlagern die Stimme der Lehrerin. Irgendwann komme ich deshalb nicht mehr mit, stehe bloß fünf Minuten im Hund, strecke mich, hebe mal das Bein, kichere, setze mich hin und denke, ach, was soll's. Ich schaue mich im Zimmer um und stelle fest, wie unordentlich es ist. Überall fliegen Kissen und Bücher oder Zeitungen herum, Gläser auf dem Tischchen und eine leere Salzstangentüte. Ich räume also die Kissen zurück auf das Sofa, lege die Decken zusammen, bringe die Gläser zum Küchentresen und schenke mir dort einen Rest Weißwein ein. Es passt nicht alles ins Glas, also trinke ich die letzten Tropfen direkt aus der Flasche. Als ich sie in die Tasche zum Altglas stellen will, fällt sie um und kullert über den Boden. Ich fluche, weil sich etwas Wein auf dem Fußboden verteilt. Aus der Ferne höre ich Weltraumgeräusche aus dem virtuellen Yogaraum, horche kurz nach den Weltraumgeräuschen aus den Kinderzimmern und mache heimlich eine Tüte Chips auf. Ich stehe also am Küchentresen, sehe in mein Handy, trinke Wein und esse Chips. Jemand schickt mir einen Song, ich höre *Perfect Day* von Lou Reed, singe und summe etwas mit. Noch einen Schluck Wein auf die Yogastunde, die sich langsam dem Ende zuneigt. Die verzerrte Stimme der Lehrerin klingt jetzt nach der Schluss-Meditation.

Nach dem abschließenden Ommmh werden alle laut geschaltet und ich erkläre: „Ich hatte Probleme mit dem Bildschirm". Irgendjemand kichert. Wir verabschieden uns.

Kurz darauf bekomme ich zwei Nachrichten. Eine von Derya und eine von Anna.

„Ich nehme mal an, dir war nicht klar, dass du die ganze Zeit zu sehen und zu hören warst? Riesig eingeblendet und du hast so was von gar kein Yoga gemacht", schreibt Derya und schickt ein Weinglas-Emoji.

Anna schickt drei tränenlachende Emojis und schreibt: „Also heute war es schwer, sich zu konzentrieren. Vor allem als deine Flasche durch die Küche gerollt ist und du voll laut ‚So 'ne Kacke' gerufen hast."

Und ich würde am liebsten für immer im Boden versinken und nie wieder auftauchen.

Demenzdiagnosen

Im Supermarkt sitzt meine Lieblingskassiererin an der Kasse. Eine Frau mit roten kurzen Haaren, immer andersfarbig glitzernden Fingernägeln und einem verschmitzten Gesichtsausdruck. Sie zieht meine Einkäufe über den Scanner und fragt:

„Haben Sie eine – na, wie heißt dit gleich? Na, eine ...“ Sie guckt genervt.

„Jibt's doch nich, da hab ick jetzt doch schon Wortfindungsstörungen.“ Sie stöhnt.

„So eine Payback-Karte?“, versuche ich zu helfen.

„Jenau“, sagt sie erleichtert. „Mensch, Danke schön.“

Ich schüttele den Kopf. „Nee, habe ich nicht.“

Sie schüttelt auch den Kopf, murmelt dabei: „Jibt's echtema nich. Manchma denk ick, jetzt jeht's aber los mit der Demenz.“

„Ach was“, sage ich, „mir fallen auch oft nicht die richtigen Wörter ein.“

„Ja, also meinen Se, is allet noch im normalen Rahmen, ja?“

Ich nicke bestimmt.

„Aber Weglauftendenzen hab ick och“, sagt sie dann. „Vor allem, wenn ich mir dis Corona-Chaos hier zur Zeit so ankieke.“ Sie macht eine Handbewegung in den Laden hinein.

Ich lache. „Wenn es *danach* geht – ich habe andauernd Weglauftendenzen.“

„Na jut.“ Sie atmet hörbar auf.

„Und 'ne Uhr könn wa beide och noch malen, wa? Dann is wohl wirklisch noch allet in Ordnung.“

Wir lachen beide meckernd und ein älterer Herr in der Reihe hinter mir kichert mit.

„Jaja“, seufzt er dann „wenn es wirklich losgeht, stellt man sich diese Fragen gar nicht mehr. Da hat man die Anzeichen dafür nämlich alle vergessen.“

Wir lachen alle drei.

„Dit is jut“, findet die Kassiererin. „Also können wa uns mal alle schön entspannen. Dann Schüß und schön jesund bleiben“, sagt sie noch zu mir.

„Ebenso und einen schönen Abend“, wünsche ich.

Draußen grinse ich immer noch. Irgendwie mag ich Supermarktbesuche gerade sehr.

Fähigkeiten

In der S-Bahn sitze ich in den langen Reihen einer Mutter mit ihrem Kind gegenüber. Das Baby ist vielleicht ein knappes Jahr alt. Es wippt auf dem Arm der Mutter abwechselnd mit den Beinen, guckt sie dann verschmitzt an und versucht, ihr die blaue chirurgische Maske herunterzuziehen. Die Mutter lacht und wirft den Kopf zurück, das Baby bekommt daher ihre langen Haare zu fassen. Nein, nein, sagt die Mutter und versucht die kleine, feste Faust zu öffnen. Das Baby antwortet mit gurrenden Geräuschen. Rrrrrr, macht es. Rrrrrrrr. Es klingt, als würde es Mundwasser gurgeln. Andere Leute schauen jetzt von ihren Handys auf und sehen ebenfalls das Baby an. Das Baby gurgelt, lacht und amüsiert sich wie Bolle, gurgelt dann weiter. Es wird immer lauter. Die Leute fangen an zu lachen und das Baby nimmt es als Applaus.

An der nächsten Station steigen eine Frau und ihr pubertierender Sohn ein. Die beiden stehen neben mir und sehen ebenfalls zu dem gurgelnden Baby hinüber. Die Mutter sagt zu ihrem schläfrig wirkenden Sohn: „Also von dem kannste noch was lernen. Der kann das spanische R perfekt.“

Klopapierquellen in der U9

Eben in der U9. Am U-Bahnhof Turmstraße steigen allein drei Leute mit Klopapierpaketen ein. Weiter rechts noch mal zwei, dazu eine Frau mit zweimal Klopapier und zwei Paketen Küchenrolle in den Armen.

Ein Mann sagt: „Nanu, gab es irgendwo eine Quelle?"

Ein paar nicken, keiner sagt was. Der Mann spricht die Frau mit den Küchenrollen an: „Wo gab es das denn?"

Die Frau schaut ihn ein wenig ängstlich an und drückt die Küchenrollen enger an sich.

„War ein Zufall", sagt sie. „Beim Rossmann Turmstraße. Da wurde grad nachgefüllt. Die meinten, dass heute Abend wieder alles weg sein wird, da dachte ich, ich nehm besser gleich was mit. Jetzt schleppe ich es mit ins Büro."

Der Typ nickt, als wäre das ganz normal.

Ich überlege ernsthaft, ob alle verrückt geworden sind, und schaue wahrscheinlich auch so, weil mich eine Frau mit blondierten Haaren angrinst. Und dann sagt sie laut:

„Wenn unser größtes Problem in einer Epidemie ist, dass wir uns noch den Arsch abwischen können, dann kann es wohl noch nicht so schlimm sein."

Was plötzlich egal wird

Ich stehe in der Schlange vor dem Biomarkt, wieder in der Hoffnung, rote Linsen zu bekommen. Die gibt es seit Wochen nirgendwo zu kaufen. Ich lehne mich an einen Poller und recke mein Gesicht in die Sonne. Unter meinem Tuch über Mund und Nase wird es warm.

„Hallo", höre ich eine weibliche Stimme neben mir. „Ach, hallo", lautet die Antwort. Ihre Stimme klingt müde. Ich sehe zu ihnen hinüber. Die Frau zwei Meter neben mir trägt eine rote Jacke, die nächste in der Reihe eine grüne OP-Maske und einen Korb im Arm.

„Wie geht es bei euch?“, ruft die mit der roten Jacke der anderen zu.

„Ach, na ja, ist alles viel. Die Arbeit und zu Hause wird es immer schlimmer. Ich mach alles falsch. Er sagt mir, wie ich die Waschmaschine zu befüllen habe und wann ich das Licht ausmachen muss oder dass ich nicht jeden Tag duschen soll. Gestern hat er mir das Essen entgegengeschmissen.“

„Du musst da jetzt raus“, sagt die andere.

„Hm“, macht die mit der Maske.

Die Schlange kommt in Bewegung. Der Mann vor mir wird in den Laden gelassen.

„Du brauchst ein Codewort“, sagt die mit der roten Jacke. „Eins, wenn du mich anrufst, weil du es nicht mehr aushältst.“

„Und was dann?“ Es klingt mutlos.

„Dann sagst du, du gehst einkaufen und kommst stattdessen zu mir.“

Die mit der Maske macht ein Geräusch. Ihre Augen sind gerötet.

„Das kriegen wir doch hin. Sag am Telefon einfach, du brauchst –“, die mit der roten Jacke überlegt, „Sellerie. Für die Suppe oder so. Dann weiß ich Bescheid.“

Die Augen über der Maske sind zweifelnd. „Ich brauch nie Sellerie.“

„Dann schon“, meint die mit der roten Jacke bestimmt. „Aber so was von.“

Der Mitarbeiter winkt mich in den Laden. Drinnen starre ich zu lang auf das Regal mit den Linsen. Es gibt auch hier keine roten mehr. Aber auf einmal ist das wirklich mehr als egal.

Corona-Samstag im Supermarkt

Im Supermarkt ist es voll. Alle haben beladene Einkaufswagen und decken sich mit Haltbarem ein. Ein Mann mit mehreren Paletten Tomatendosen belächelt eine Frau mit zwei Tüten Klopapier.

Beim Gemüse suche ich den Chicorée, als ich eine aufgeregte Stimme höre: „Mama! Was soll denn das? Was machst du denn? Ich habe dir doch gesagt, du sollst nicht mehr rausgehen!"

Die Stimme der Tochter dringt über den Lautsprecher aus dem Telefon einer älteren Frau, die neben ihrem Einkaufswagen mit dem Zeigefinger auf ihrem Handy herumdrückt.

„Hallo", ruft sie in das Handy rein und dann empört: „Aber ich muss doch mal rausgehen und was einkaufen können. Ich kann doch nicht immer zu Hause sitzen!"

„Ich habe dir doch gesagt, dass ich das für dich mache. Schreib eine Liste mit allem auf, ich besorge dir das." Die Tochter klingt richtig sauer. „Jetzt geh sofort nach Hause. Das ist alles kein Spaß."

Die alte Frau legt murrend einfach auf.

Dann sieht sie eine andere ältere Frau an, die wie ich das Gespräch mitverfolgt hat, und ruft laut: „Unverschämtheit. So muss man sich jetzt von den eigenen Kindern behandeln lassen. Die wollen uns Alte einfach wegsperren. Die spinnen doch."

Die andere Frau wackelt nachdenklich mit dem Kopf. „Aber es ist schon richtig, was sie sagt. Man soll nicht mehr rausgehen in unserem Alter."

„Ach, und was machen Sie dann noch hier?", blafft die Erste.

„Ich habe niemanden, der sich kümmert", antwortet die

andere. Sie sagt es sachlich, ohne Selbstmitleid oder Bedauern. Es ist eine gewohnte Tatsache.

Die empörte Frau schaut sie jetzt über den Rand ihrer Brille hinweg an. Dann sagt sie: „Sehen Sie, wie gut, dass Sie mich hier getroffen haben. Schreiben Sie mal Ihre Adresse auf. Ich werde meiner Tochter sagen, sie soll Ihnen die Einkäufe auch vorbeibringen."

Morgens im Bett

Ich liege im Bett, trinke Kaffee und lese mich durch Artikel über Viren und Beiträge auf den sozialen Netzwerken, als vor dem offenen Fenster einer beifallpflichtend sagt: „Alter, oda?"

Kurz ist es still, nur die Vögel zwitschern, dann sagt er: „Alter, die springen hier in den Busch, wenn ick joggen geh."

Vogelgezwitscher.

„Voll. Die ham alle 'ne Panne, na und ick will den ma sehn, der hier mit Maske joggt. Kannste dir direkt beatmen lassen." Er lacht dröhnend. „Klar. Ick bin jetzt der Megajogger, ick loof jeden Tach zwanzich Kilometa, nur um der Kacke entdampfen zu können."

Der Kacke entdampfen ist interessant, denke ich. Es klingt wie ein neuer Vaporizergeschmack.

„Hab ma so 'ne Uhr zujelegt, hier zu Ostern, kennste, oder?"

Sein Telefonpartner kennt eine derartige Uhr offenbar nicht, daher folgen jetzt ausführliche technische Details. Die Uhr kann den Puls messen und zählt Kalorien, außerdem hat sie GPS, erfahre ich und dass er denkt, dass sie in Zukunft bestimmt Insulin oder Adrenalin für den Notfall verabreichen kann. Gelächter. „Na ja, nee, o.k.“, sagt er dann. „Aber schon geil, wa?“

„Joa, zwohundert Tacken, aber hab ja sonst keene Ausgaben grad.“ Er lacht sich halb tot.

Vögel zwitschern und es riecht nach Zigarette.

„Ey, ick sach dir, ick bin topfit, hab jetzt schon fünf Kilo abjenommen, und wenn dit so weiterjeht, erkennste ma nich mehr beim nächsten Bierchen bei Mike.“

Jetzt gibt er nur noch so Mmmh-Hmmm-Antworten.

„Jut“, sagt er dann und ich denke: Schnell, er beendet sein Gespräch, dann joggt er bestimmt weiter, ich will aber gucken, wie er aussieht. Ich schleiche mich also halbnackt ans Fenster hinter den Vorhang. Unten steht ein recht beleibter Mann und raucht. Er trägt eine Jogginghose, die so gar nicht nach Sport aussieht, und braune Trekking-Sandalen ohne Socken. Ich grusele mich irgendwie.

„Tschüss“, sagt er in das Telefon und noch: „Ja, ick freu ma och.“ Als er auflegt, seufzt er voller Inbrunst.

In dem Moment kommt meine Tochter ins Zimmer und sieht mich halbnackt hinter dem Vorhang: „Du wirst jetzt aber keine Exhibitionistin, oder? So eine neue Home-Exhibitionistin hinterm Fenster.“ Sie lacht sich halb kaputt.

„Bin ich doch schon“, sage ich.

Geschichte vom Ausgehen

Ich stehe in der Schlange vor dm. Es dürfen immer nur zwanzig Leute in den Laden. Aber das macht nichts. Ich stehe in der Sonne, der Securitytyp ist ein schöner Mann und entschuldigt sich bei jedem einzeln für die Warterei. Er hat unfassbar schöne Augen. So schwarz, dass ich mich frage, ob das ganze Auge einfach nur aus Pupille besteht.

Ich habe heute meine fröhliche rotgepunktete Maske auf und schaue mir die anderen Masken in der Schlange an. Alle eher gediegen, dunkelblau und schwarz, keine wirklich fröhlich. Komme mir plötzlich doof vor, aber als ich sie dem Mädchen mit dem Schuhkarton vor dem Bauch neulich auf der Straße abkaufte, fand ich sie so toll, weil sie aussah wie meine Kaffeetassen zu Hause. Außerdem hatte das Mädchen die Masken alle selbst genäht, und ihr kleiner Bruder war mächtig aufgeregt, dass meine Tochter und ich insgesamt fünf Stück auf einen Schlag gekauft haben. „Fünf mal sieben, das sind ja fünfunddreißig Euro", hat er ganz aufgeregt hinter seiner Star-Wars-Maske gerechnet. Seine Schwester hat kurz die Augen verdreht und meine Tochter und ich haben uns kaputtgelacht. „Bombengeschäft, ne?", meinte er noch zu seiner Schwester, als sie weitergingen, und sie hat genickt.

Wir rücken jetzt in den Eingangsbereich des Ladens auf. Ich stehe auf der Schwelle der Tür, vor mir einer mit Kapuzenpulli und Querfalte im Nacken. Er reißt schnell seine Maske herunter, sodass ich und der Securitytyp ein bisschen erschrecken. Dann niest der Nackenfaltentyp volle Kanne in seine Hände, wischt sie sich an der Hose ab und zieht die Maske wieder auf. Der Securitytyp guckt ihn an wie: Alter, verstehst du eigentlich irgendwas?, sagt aber nichts. Er guckt mich an und ich muss lachen, hab aber Angst, dass die Nackenfalte mich deswegen blöd anmacht.

Der Security wartet auf einen freien Einkaufswagen, sprüht den Wagen ein und sagt dann zu der Nackenfalte: „Hände her."

Der Typ so: „Was?"

„Hände her, Mann. Wer so direkt vor mir rotzt, wird desinfiziert oder kommt nicht rein." Die Nackenfalte ist eingeschüchtert und streckt ihm nur ein kleines bisschen widerwillig die Hände hin. Und dann sprüht der Security ihm die Hände mit Desinfektionsmittel ein. „So“, sagt er dann. „Jetzt kannste rein. Viel Spaß.“

Ich stehe jetzt als Erste in der Reihe und sage: „Ist wie im Club hier. Nur mit Desinfektionsmittel.“

Er: „Ich stand früher im WMF. Kennste?“

Und dann unterhalten wir uns so ’n bisschen über die Clubs von früher. „Viel Spaß“, wünscht er mir, als mein Einkaufswagen kommt.

Später, nachdem ich bezahlt habe, sagt er: „Ciao, komm bald wieder.“

Ach ja, schön war’s in der Schlange vor dem dm. Bisschen wie Ausgehen.

In der Baumarktschlange mit den Beatles

Es ist Samstag und weil ich auf die offenbar zeitgemäße Idee gekommen bin, meinen Balkon zu begrünen, stehe ich mit meinen Kindern und etwa vierzig anderen Schönebergern in der Schlange vor dem Baumarkt. Alle haben Masken auf, einen riesigen Einkaufswagen vor sich und sehen bedröppelt aus. Vor uns streitet sich ein Paar, beide um die fünfzig. Sie mit blondem Zopf trägt einen selbstgenähten Mundschutz mit Flamingos, dazu passend grellpink lackierte Fingernägel, die sich mit dem roten Griff des Einkaufswagens beißen. Er trägt Glatze und eine große schwarze Sonnenbrille über der OP-Maske, außerdem kurze Hosen und diese Gartenschuhe, die immer wie kleine Autoscooter aussehen.

„Wollen wir wieder gehen?“, fragt mein Sohn hoffnungsvoll. Er ist nur mitgekommen, weil ich auf die

Tränendrüse gedrückt und gemeint habe, ich könne den Bambus, den ich kaufen wolle, unmöglich allein nach Hause schleppen. Meine Tochter hört Musik auf einem Ohr und vor uns streitet sich das Paar.

„Jetzt hör aber mal auf. Is doch wohl nich wahr", sagt sie und schaut ihn mit gerunzelter Stirn an.

„Ich hab dir gesagt, lass uns unter der Woche gehen, aber nee, Frollein muss sich ja wieder durchsetzen und jetzt stehen wir hier mit den ganzen anderen."

„Ja, ja", sagt sie genervt und haut kurz mit der pinkbenägelten Hand auf den Griff des Wagens, „hast ja wieder alles gewusst, wie immer. Weißt ja immer alles. Danke Meister, danke, dass du mir zeigst, wie die Welt funktioniert."

„Ich sag dir, wie die Welt funktioniert. Es funktioniert nämlich so, dass deine Mutter sagt, sie will die Geranien für den Balkon. Und wer springt dann wie ein Karnickel? Du."

„Ach, halt doch den Rand. Möchte dich mal sehen, wenn du seit Wochen in der Wohnung bist und nur auf den Parkplatz nebenan gucken kannst. Du würdest wahrscheinlich irgendwann aus dem Fenster ballern."

Kurz ist es still. Mein Sohn und ich gucken uns an.

Da sagt meine Tochter in die Stille: „Mir ist grad aufgefallen, dass es ziemlich lustig ist, wenn man englische Lyrics ins Berlinerische übersetzt."

„Ach?", sage ich unkonzentriert, weil ich mit meiner Aufmerksamkeit noch bei dem Paar bin.

„Ja, zum Beispiel wird dann ‚Strawberry fields forever' von den Beatles zu ‚Erdbeerfelder für imma'", grinst sie. Mein Sohn lacht aus vollem Hals, ich stimme ein. Wir lachen, bis sich der Mann mit der Glatze zu uns umdreht und sagt: „Und ‚Michelle ma belle‘ wird zu ‚Michaela, meine Glocke‘, wa?“

Wir lachen jetzt alle fünf.

Uns fallen neben vielen anderen noch ein „Ick fühl mir Bombe“ für „I feel fine“, „Sie liebt dir“ für „She loves you“ und „Hallöchen Jenny“ in Übersetzung von „Hey Jude“.

Der Mann mit der Glatze sagt zu seiner Frau: „Na, dann gib mir mal dein Patschehändchen.“

Sie reicht ihm die Hand und er lacht, zeigt mit dem Finger auf sie und sagt: „Reingefallen. Ich hab bloß ‚I wanna hold your hand‘ übersetzt.“

„Ach, du wieder“, sagt die Flamingofrau nahezu zärtlich und winkt ab.

Als wir etwas später im Laden vor dem Bambus stehen, hören wir ein paar Gänge weiter wieder das sich streitende Paar. Und mein Sohn singt leise:

„Lasst es sein, lasst es einfach sein.“

Glück

Meine Tochter und ich laufen trotz unserer schweren Einkaufstaschen einen etwas weiteren Weg nach Hause. Es ist kalt, aber die Sonne scheint, und es tut gut, sich noch ein bisschen zu bewegen. In einer kleinen Straße, durch die wir seltener gehen, steht ein Umzugskarton vor einem Haus. Auf der Pappklappe steht in großen roten Buchstaben: ZU VERSCHENKEN. Wir stellen unsere Taschen ab und schauen interessiert hinein. Im Karton liegen Gläser und Schälchen, dazu Teller, Untertassen und Kaffeetassen, sogar eine Zuckerdose und ein Milchkännchen sind dabei. Ich halte meiner Tochter entzückt eine der Tassen entgegen. Sie sind allerliebst, weiß und mit Goldrand versehen.

„Schau doch mal", rufe ich begeistert, „das ist ja ein komplettes Kaffeeservice für sechs Personen."

„Ja", sagt meine Tochter, „und es passt sogar zu unseren großen Tellern."

Unsere Ess- und Suppenteller sind auch mit Goldrand versehen und stammen aus einer dieser Haushaltsauflösungskisten vom Flohmarkt.

Wir stehen also noch verzückt da und schauen uns weitere Gläser und rote Schälchen an, bis meine Tochter sagt: „Schade nur, dass wir das alles gar nicht mitnehmen können."

Ich sehe auf unsere vollgepackten Einkaufstaschen und sage etwas verzweifelt: „Aber wir müssen doch."

Ich räume in den Taschen, versuche Platz zu schaffen, aber meine Tochter schüttelt den Kopf. „Keine Chance."

„Dann müssen wir noch mal wiederkommen", schlage ich vor. Meine Tochter zuckt nicht gerade begeistert mit den Schultern.

In dem Moment öffnet sich die Haustür und uns kommt eine rundliche ältere Frau in einer Daunenjacke mit einem Paket unter dem Arm entgegen und bleibt ein paar Meter entfernt stehen.

„Hallo", sagt sie, „Entschuldigung, aber ich habe sie schon von meinem Fenster aus beobachtet."

„Oh, sind das etwa Ihre Sachen?"

Sie nickt.

Und dann erzählt sie uns die Geschichte über das Service, das mal ihrer Mutter gehört hat, immer geschont und „für gut" aufgehoben wurde. „Sie nutzte nur ihr altes Geschirr, nur das für jeden Tag. Es war schon angeschlagen und kaputt, aber nein, dieses hier wurde bloß zu den hohen Feiertagen herausgeholt. Und wissen Sie, was? Vor Jahren ist sie gestorben. Ich glaube, sie fand, sie hatte kein sehr glückliches Leben, und seitdem steht das Geschirr bei mir im Schrank."

„Sie benutzen es aber auch nicht?", frage ich.

„Ich kann irgendwie nicht", sagt die Frau. „Zeit meines Lebens habe ich mich über meine Mutter geärgert, gedacht, warum benutzt sie immer nur das angeschlagene Geschirr anstatt das gute und warum kann sie nie ein bisschen Glück genießen. Und jetzt, wo *ich* es könnte, kann ich einfach nicht."

Sie schüttelt den Kopf und schiebt ihre Brille wieder auf die Nase zurück.

„Das ist schon komisch manchmal", sagt sie und lächelt. „Ich dachte, vielleicht freut sich ja jemand anderes darüber."

„Wir", sagt meine Tochter.

„Das glaube ich auch. Und ich habe sogar Zeitungspapier dabei." Sie öffnet den Karton und reicht uns Papier und zwei Tüten herüber, damit wir das Geschirr darin einpacken können.

„Wollen Sie etwas dafür haben?", frage ich gegen das Rascheln an und die Frau schüttelt den Kopf. „Auf keinen Fall. Es soll einfach nur Glück bringen."

Nachdem wir glücklich und reich bepackt loslaufen, drehe ich mich noch einmal um. Die alte Frau steht noch an derselben Stelle und winkt.

Belohnungssysteme

Ich bin mit Wiebke um den Schlachtensee gelaufen und wir stehen völlig entkräftet in der fünfzig Meter langen

Schlange nach Getränken an. Nachdem die S-Bahn nur bis Zehlendorf fuhr und wir nicht den Ersatzverkehr nehmen wollten, liefen wir also die Strecke vom S-Bahnhof Zehlendorf bis zum Schlachtensee zu Fuß und dann noch einmal um den See.

„Mir tut alles weh, jammere ich, ich sitze doch nur noch rum, da bin ich so weite Strecken gar nicht mehr gewöhnt."

Wiebke konzentriert sich auf die Kreidetafel und sagt: „Nehme ich Bier oder Kaffee?"

„Ich nehme beides", sage ich, „ich will ja auch Kuchen und Pommes."

„Ach ja, gute Idee", findet Wiebke, „warum sich entscheiden."

„Eben", sage ich, „mein Belohnungssystem schreit auch noch nach Eis, aber man muss ja nicht übertreiben."

„Nein, nein", findet Wiebke „immer schön auf dem Teppich bleiben."

Sie grinst mich an. Ich lächle müde. Das mit dem Teppich hat sie heute schon dreimal gesagt.

Vor uns stehen zwei ältere Damen mit buntgefärbten Haaren. Die eine trägt ein melancholisches Lila, die andere ein zartes Rosa, und ich überlege, ob die Farben Absicht waren oder einem Friseurmalheur zuzuschreiben sind. Die zwei unterhalten sich, ich kann aber nichts verstehen. Immer, wenn sich die Schlange bewegt, gehe ich einen halben Schritt näher an sie heran, als die Zwei-Meter-Regel es erlaubt.

„Selbst, wenn ich wollte, würde da nix mehr gehen. Ein trocken Brot ist nix dagegen", sagt die Lilafarbene.

„Oh nein", macht die Rosafarbene betroffen und seufzt: „nicht schön."

Wiebke flüstert: „Die reden über ihre Vulvas."

„Quatsch, echt?", sage ich ungläubig.

Wiebke nickt und dann flüstert sie: „Hör gut zu, dann weißt du, worüber wir uns in dreißig Jahren unterhalten."

Meine Ohren wachsen auf Hasenlänge und fangen den Schall von vorne ein.

„Ich hab sie mir neulich im Spiegel angeguckt und musste lachen", sagt die mit den lila Haaren. „Sie sieht aus, als würde sie schmollen. Etwas beleidigt, die Gute."

Die andere kichert verschämt.

Wiebke und ich grinsen uns an.

Wiebke flüstert: „Ich werde nie eine beleidigte Muschi haben, das verspreche ich dir hiermit." Ich nicke zustimmend.

Als die beiden Damen dran sind, bestellen sie Kaffee und Kuchen und die Lilafarbene sagt: „Ich lade dich ein."

„Och", sagt die Frau in Rosa, „wenn ich das gewusst hätte, hätte ich noch Champagner bestellt – bei unseren Gesprächen heute."

Zirkusshow

Ich gehe eben durch die Straßen und sehe eine kleine Menschenansammlung vor einem Haus. Alle schauen nach oben und ich denke: Nanu. Von Weitem höre ich: „Rapunzel, Rapunzel, lass dein Haar herunter."

Ein Fenster im ersten Stock öffnet sich und ein altes Paar schaut heraus. Die Gruppe unten beginnt schief und schräg „Happy Birthday, liebe Oma" zu singen. Alle klatschen. Der Vater ruft: „Wir haben einen Kuchen mitgebracht und ich bringe ihn euch gleich vor die Tür. Die Kinder haben aber noch eine Zirkusshow vorbereitet."

Es geht los. In einem großen Kreideherz jongliert ein Junge mit drei Tennisbällen, ein kleines Mädchen schlägt Rad und tanzt dazwischen Cheerleader-Moves mit zwei Luftballons. Dann hockt sich der Junge hin und das Mädchen macht Bocksprünge über ihn hinweg. Der Junge zaubert noch ein Tuch aus seinem Ärmel, winkt damit und bindet es dem Hund um den Hals, der wie verrückt auf einer Stelle hin und her springt. Alle klatschen. Der Hund bellt. Oma und Opa klatschen auch und rufen: „Das habt ihr aber fein gemacht."

Die Kinder hüpfen jetzt mit dem Hund auf und ab, der völlig aus dem Häuschen ist: „Wir haben auch noch ein Bild für dich gemalt. Papa hat es zum Kuchen gelegt."

Omas Geburtstag in Corona-Zeiten.

Im Wartezimmer

Ich sitze beim Augenarzt, weil ich seit Wochen immer mal wieder mit einem Mus-Auge aufwache. Nachdem mein Sohn heute Morgen vor mir erschrak, als wir uns zwischen Bad und Flur begegneten, entschloss ich mich widerwillig, dann jetzt doch mal zum Arzt zu gehen.

Im Wartezimmer ist nur jeder dritte Stuhl frei, die anderen sind mit orangefarbenem Klebeband abgeklebt, auf dem „Vorsicht, zerbrechlich!" steht. Finde ich witzig.

Mit mir warten ein paar ältere Leute und ein echt großer Typ in Tarnjacke mit Zopf und Tattoos im Gesicht, der keine Maske trägt. Ich vermute, so eine Maske ist ihm zu viel zwanghafte Ansage. Er wirkt, als würde er gern selbst die Regeln aufstellen. Dass er trotzdem hier im Wartezimmer sitzt, hat er sicher nur seinem Aussehen zu verdanken.

Er sieht aus, als würde er nicht lange fackeln. Aber seine Augen sind lieb. Geradezu lammfromm.

Ich muss an den Comic von Fil denken mit Didi und Stulle. Didi fühlt sich nicht gut und hat irgendwas, an das ich mich nicht mehr erinnern kann, schaut auf eine Flasche, auf der steht „Nur zur äußerlichen Anwendung" und sagt: „Ach wat, nicht mit Schlappsack", und kippt das Zeug aus der Flasche in einem Schwung in sich hinein. So oder so ähnlich kommt mir der Typ ohne Maske ein bisschen vor.

Ihm gegenüber sitzt einer in Jeansjacke mit Mundschutz, breit auseinandergespreizten Beinen und hinter dem Kopf verschränkten Armen. Er wippt so heftig mit den Beinen auf und ab, dass der Boden vibriert und die Paketbänder auf den Stühlen wackeln.

Ich gucke ihn an. Seine Unruhe überträgt sich auch auf den Tarnjackentypen. Er: „Ey, kannste mal die Füße still halten?"

Der Typ in der Jeansjacke: „Was willst du denn?"

„Dass de die Füße still hältst. Krieg sonst die Motten mit dir."

Der Typ hält kurz die Beine still, dann geht er im Flur auf und ab.

Ein älterer Mann sagt: „Ja, ich fahr hier gleich los." Er sagt es laut, als würde er in einen Hörer sprechen.

„Ja, klar, mach ich doch, Bienchen, ich meld mich, wenn ich da bin, ja?"

Ich gucke irritiert. Der Mann telefoniert nicht. Er redet einfach mit sich selbst. Das heißt, danach auch noch mit jemand anderem. Irgendjemand ist da am anderen Ende der Leitung und antwortet ihm. Sie reden jetzt über das Wetter und die Eisheiligen.

Der Tarnjackentyp und ich gucken uns an. Eine Frau im roten Pullover drei Sitze über Eck schaut den alten Mann unverwandt an.

„Frau Helga B. Zimmer 3“, tönt es durch die Sprechanlage. Keiner bewegt sich.

Nach kurzer Zeit ertönt die Durchsage noch einmal. Der Mann, der mit jemandem spricht, aber nicht telefoniert, steht auf und fasst die Frau mit dem roten Pullover sanft am Arm. „Helgakind, du bist jetzt dran.“

„Ach ja?“, sagt sie sehr laut. Ich vermute, sie ist schwerhörig.

Die beiden gehen Richtung Zimmer 3.

Der Tarnjackentyp sagt zu mir: „Is doch praktisch kombiniert, wa? Er sabbelt den ganzen Tag und sie ist taub wie ’n alter Gaul. Da haben sich doch die beiden Richtigen gefunden.“

Ich wackele mit dem Kopf und verkneife mir ein Lachen.

Er, noch wie zu sich selbst: „Kombinieren müsste man können.“

Beruhigendes am Montagnachmittag im Supermarkt

Ich stehe mit der gezückten Zange in der Hand vor den Klappen mit Backwaren und überlege noch, welche und wie viele Brötchen ich kaufe und welche Tütengröße ich benötige. Ich stehe da und denke kurz an etwas ganz anderes, als ich hinter mir eine helle Stimme höre. Ein vielleicht fünfjähriges Mädchen mit einem bunten Mundschutz im Kindersitz des Einkaufswagens zeigt auf die Croissants: „Können wir so ein Hörnchen kaufen?“, fragt sie.

„Ja, können wir", antwortet ihre Oma und zieht mit der Zange ein Croissant aus dem Fach. Es landet in einer Papiertüte.

„Und noch die da", sagt das Mädchen und zeigt auf die Sesamringe und die Sonnenblumenbrötchen. Die Oma öffnet die entsprechenden Klappen und holt das Gewünschte heraus. Die Tüte knistert.

„Noch etwas?", fragt die Oma, legt die Zange weg und zieht ihr Kopftuch noch etwas höher über die Nase. Das Mädchen popelt mit dem Zeigefinger am Gummi ihres Mundschutzes, zeigt wieder auf die Croissants und sagt: „Und so eins will ich noch."

„Aber so eins haben wir doch schon, Habibti", erinnert die Oma.

„Ach ja", seufzt die Kleine und verdreht die Augen wie eine Große, „ich bin in letzter Zeit immer so vergesslich."

Ich drehe mich um, die Oma und ich gucken uns an und lachen hinter unserem Mundschutz. Eine weitere Frau lacht im Vorbeigehen mit. Der Blick des Mädchens ist verschämt über so viel allgemeine Aufmerksamkeit.

„Das kenne ich", sage ich.

Die Kleine guckt schüchtern zu Boden.

„Jaja, das wird leider auch nicht mehr besser", meint die Oma zu ihr. „Aber weißt du, das Gute ist, man gewöhnt sich daran."

Übungen mit Pumps

Ich stehe etwas weiter weg vor dem Schaufenster einer Apotheke und warte auf meine Mutter, die inzwischen in der Schlange schon bis zur Tür gelangt ist. Die Leute in der Schlange sehen alle in eine Richtung, ein Paar wendet sich ab, andere schütteln den Kopf. Ich folge den Blicken.

Ein älterer Mann kommt uns entgegen. Er ist etwa siebzig Jahre alt, trägt einen Schnauzbart, Parka und Jeans und dazu sehr hohe schwarze Lackpumps. Der Mann läuft bewusst und ein bisschen andächtig, aber sehr elegant, und man merkt, er genießt die Blicke der anderen. Ich staune. Die Absätze sind unfassbar hoch, sicher zehn Zentimeter, schätze ich, und sie sind dünn wie Bleistifte. Wow, denke ich und muss lächeln. Ich hätte mir schon zweimal die Knöchel gebrochen. Der Mann lächelt zurück.

Das Mädchen kann gar nicht wegsehen, so gespannt sieht sie aus. Als würde sie befürchten, dass gleich etwas passiert, der Mann gleich stolpert oder fällt. Ohne den Blick abzuwenden, sagt sie zu ihrer Mutter: „Mama, guck mal, die hohen Schuhe."

Die Mutter nickt. Das Mädchen sieht es nicht. Der Mann lächelt immer noch. Sein Blick ist stolz unter buschigen Augenbrauen.

„Ich übe noch", ruft er dem Mädchen jetzt zu.

Das Mädchen nickt mit ernstem Gesichtsausdruck. Es sieht aus, als könne es das gut verstehen. Und die Bewunderung ist groß.

Wenn man plötzlich weiß, dass man alt ist

Ich verabrede mich mit meinen Kindern auf dem S-Bahnhof Schöneberg und schreibe in unsere Textgruppe: „Treffen um Viertel nach am DJ."

Meine Tochter sendet prompt drei Fragezeichen. Mein Sohn schreibt: „Was meinst du mit DJ?"

Oh, denke ich. Wieder so ein Fall von Bewusstwerdung

des eigenen Alters. Zum letzten Mal hatte ich das vor etwa sieben Jahren, als ich den Kindern erzählte, dass ein Freund von uns beim Interrail in Italien am Bahnhof Camucia zwei ganze Tage und Nächte auf uns wartete, weil wir uns dort verabredet hatten.

Meine Kinder guckten mich verständnislos an.

„Wo wart ihr denn und warum hat er euch denn nicht angerufen?“, fragten sie und ich erklärte, dass wir uns aus irgendwelchen Gründen verspäteten und es damals keine Handys gegeben hat. Somit habe niemand gewusst, wo der andere genau steckte auf dem Weg zwischen Rom und Camucia. „Verabredungen waren damals viel verbindlicher als heute“, sagte ich mehr zu mir als zu den Kindern. Die beiden machten große Augen und sahen mich an, als wäre ich ein merkwürdiges Urtier im Zoo. Und genauso alt kam ich mir auch vor.

Mir fällt ein, dass wir uns beim Interrail immer in etwa so verabredeten: Amorgos am Hafen in der dritten Augustwoche. Wer schon da war, organisierte den Schlafplatz und ging eben jeden Tag an den Hafen, um nachzusehen, ob die anderen eintrafen. Und irgendwie hat es immer funktioniert.

Jetzt erkläre ich etwas umständlich in einer Sprachnachricht, dass „der DJ“ die rote Mikrofonsäule in der Mitte des Bahnhofs nahe der Bahnsteigkante ist, die die Bahnhofsschaffner früher für ihre Durchsagen nutzten. Denn damals gab es eben noch Bahnhofsschaffner, die in diesem kleinen Häuschen auf dem Bahnsteig saßen und bei jedem ein- und ausfahrenden Zug hinausmussten, um ihre Ansage zu machen.

Mein Sohn schreibt: „Ich glaub, so eine Säule steht da gar nicht mehr.“

Und ich denke, Mist, das kann echt gut sein.

Büchersammlerin
Ich gehe sehr gern spazieren. Entweder mit einem festen Ziel vor Augen oder ich gehe einfach nur in der Gegend herum, biege mal hier, mal da ab, laufe auf der Sonnen- und mal auf der Schattenseite und lasse mich durch den Bezirk treiben. In letzter Zeit finde ich bei meinen Spaziergängen immer schöne Sachen. Überall stehen Kartons mit dem Hinweis „Zu verschenken", weil die Leute gerade Zeit haben, ihre Schränke aufzuräumen. Ich habe also schon ein Kaffeegeschirr und viele Bücher eingeheimst, darunter *Die Dämonen* von Dostojewski in einer schöneren Ausgabe als meine, Sartres Essay *Baudelaire* und Watzlawicks *Vom Schlechten des Guten*.

Heute laufe ich ein bisschen weiter hinter den Volkspark. Wieder steht da ein Karton neben ein paar Taschen mit Klamotten, einer halb vertrockneten Palme und einem Wäscheständer. Ich sehe in den Karton und kann es nicht glauben. Im Karton liegt quasi die perfekte Erweiterung meines eigenen Bücherregals. Die mir noch fehlenden Bände von Knausgård, Judith Hermanns Roman *Aller Liebe Anfang*, den ich noch nicht kenne, *Drei Frauen* von Musil, die Gesamtausgaben von Joseph Roth und Max Frisch. Ich bekomme warme Glücksgefühle und will sie alle haben. Der Weg nach Hause ist weit, die Bücher sind nicht gerade leicht, aber egal, denke ich und hebe den Karton auf meinen Kopf. Ein paar Meter die Straße entlang bin ich eine überglückliche Büchersammlerin. Da höre ich eine Stimme hinter mir: „Ey, hallo, sorry, aber das ist unser Karton." Ich drehe mich um. Ein Typ steht vor mir. „Das da ist die letzte Kiste vom Umzug." Ich setze sie ab, schäme mich, muss lachen, erkläre und entschuldige mich. Er winkt ab. „Meinetwegen hättste die mitnehmen können. Meine Freundin hat echt genug Bücher. Keine Ahnung, wo die alle hinsollen."

Ziegelsteintransport

Es ist Nacht und ziemlich kühl. Ich trage den Schal von der Freundin, die ich gerade besucht habe, und ziehe mehrere Ziegelsteine in ihrem ramponierten Einkaufstrolley hinter mir her. Der Trolley verliert ungünstigerweise immer ein Rad, das ich nach jeder Bordsteinkante wieder anstecken muss. Ich ziehe den Wagen durch die dunklen Straßen, die Steine darin wackern über dem Kopfsteinpflaster vor sich hin und ich muss mehrmals kichern, weil die Situation etwas absurd ist.

Wenn mir Leute entgegenkommen, schauen sie auf den Boden, was ich merkwürdig finde, aber ich bin ja mit der Fuhre und dem Rad beschäftigt. Der Trolley ist mit acht Steinen leicht überfordert, und bei jeder Rinne oder Unebenheit befürchte ich, er könnte zusammenbrechen.

Die Ziegelsteine brauche ich für meine Balkonterrasse. Ich will mir nämlich daraus und aus ein paar alten Steinplatten ein Kräuterregal bauen, und da die Freundin und ihr Mann gerade eine Altbauwand eingerissen haben und ich mich nach Herzenslust bedienen durfte, wollte ich die Steine auch direkt mit nach Hause nehmen.

Eine Gruppe von Jugendlichen kommt mir entgegen. Sie halten Bierflaschen in der Hand, und als ich ihnen näherkomme, schauen auch sie wie auf Kommando auf den Boden. Kurz nachdem ich sie passiert habe, ruft einer: „Hallo, wollen Sie meine Flasche haben?"

Ich bleibe stehen, das Rad fällt ab und während ich es aufstecke, schaue ich hoch und sage: „Wie bitte?"

„Meine Pfandflasche“, sagt der junge Mann und hält sie mir entgegen. Die anderen hinter ihm gucken auf ihre halbleeren Flaschen und dann wieder zu mir.

„Ach so“, sage ich, „nein, ich sammle keine Flaschen. Ich fahre nur Ziegelsteine durch die Gegend.“

„O.k.“, sagt der Typ, und als sie weitergehen, meint ein anderer: „Irgendwie sind schon mehr Irre unterwegs als vor Corona, oder?“

Brausepulvereinkaufsgespräche

Hinter mir in der Kassenschlange stehen zwei Jungs mit zwei Tütchen Brausepulver auf dem Band. Sie sind vielleicht sieben oder acht und sehr in eine Diskussion vertieft, sodass ich vergesse, sie zu fragen, ob sie vor mich wollen. Stattdessen höre ich zu.

„Also eins kostet neunundneunzig Cent und ich habe dir einen Euro gegeben. Mit dem Euro von dir bekommen wir zwei Cent zurück, ne?“

Der Größere nickt.

„Was machen wir, wenn es ein Zweicentstück ist und nicht zwei einzelne Cents? Die gibt es nämlich auch als Zweier.“

„Ja“, sagt der andere, „dann kannst du es haben.“

„O.k.“, nickt der Kleine. „Danke.“

Pause.

Die Kassiererin fragt den Mann vor mir, ob er einen Kassenbon will.

„Nö, danke“, sagt der und der Kleine wispert dem Größeren zu: „Wollen wir einen Kassenbon? Ja, oder?“

Der andere zuckt die Schultern.

„Ich würde sagen, ja, ich kann den dann meinem Vater

geben, der sammelt die. Und dann bekommt er das Geld wieder und ich kann dir deinen Euro zurückgeben."

Der Große sagt: „Woher bekommt dein Vater denn das Geld?"

Der Kleine sagt: „Also von einem Amt für Geld."

„Ist dein Vater Politiker?", fragt der Große.

„Nee, Tischler", sagt der Kleine.

Ich bin dran, zahle und packe meine Sachen ein. Unter meiner Maske grinse ich schon die ganze Zeit, es sieht zum Glück niemand.

Die beiden Jungs grüßen die Kassiererin und sie gibt den beiden zwei Cent im Stück raus.

Der Kleine wünscht ihr noch einen schönen Tag, was ich ziemlich bemerkenswert finde.

Auf dem Weg zum Eingang sagt der Kleine enttäuscht: „Uns hat sie gar nicht gefragt, ob wir einen Bon wollen."

Der Große reißt das Brausepulver auf und sagt: „Wahrscheinlich denkt sie, Kinder bekommen sowieso kein Geld zurück."

Hobby-Bibliothekare

Ich komme an meiner Lieblingsbücherkiste am Straßenrand vorbei und werfe wie immer einen Blick hinein. Inzwischen steht anstelle der ehemaligen Gemüsekiste eine professionelle Box aus Plastik, die mit einem Hinweis in alter Schreibschrift versehen ist: „Geben und Nehmen. Bitte schließen Sie die Klappe."

Finde ich im übertragenen Sinn witzig. Ich überlege jedes Mal, wem diese Box wohl gehört. Während ich darin stöbere, finde ich eine Biografie über Simone de Beauvoir, Brechts *Kalendergeschichten* und ein Sachbuch über die jüdischen Salons im alten Berlin von Deborah Hertz. Kommt ja wie gerufen, denke ich erfreut und schiebe die Bücher in meine Tasche, als ich einen älteren Mann hinter mir bemerke. Er nickt mir zu und sagt: „Ich freue mich, wenn es Ihnen gefällt."

„Ach", sage ich neugierig, „ist das denn Ihre Kiste?"

„Nein, nein", winkt der Mann ab, „nur diese Bücher da. Aber ich kenne die Dame, die sie aufgestellt hat. Sie hat keinen sehr guten Buchgeschmack", fügt er hinzu und wackelt mit dem Kopf.

Er zeigt in die offene Kiste und sagt: „Sehen Sie, Konsalik und Simmel sind von ihr und die liegen seit Wochen wie Blei."

Ich nicke. „Das ist mir auch schon aufgefallen."

„Meine Bücher sind immer sofort weg", bemerkt er nicht ohne Stolz.

„Neulich habe ich aus meinem Fenster beobachtet, wie die Dame eins meiner Bücher mitgenommen hat." Er lächelt verschmitzt. Ich lächle mit.

„Es war etwas nach ihrem Geschmack", erklärt er, „ich ahnte, dass es das Richtige sein würde."

„Was war es denn?", frage ich und er sagt: „*Wendekreis des Krebses* von Henry Miller. Seitdem überprüfe ich, ob sie es wieder zurücklegt. Aber es scheint ihr zu gefallen."

Ich lache.

„Nun ja", sagt er, „irgendetwas muss man schließlich tun, damit die Leute die richtigen Bücher lesen.

In einer Beziehung mit Avocado und Serien

Eine frühere Kollegin feiert ihren Geburtstag in einem Restaurant. Wir sind sechs Frauen, die ich allesamt nur von ihren Geburtstagen kenne, und die Gespräche drehen sich mehr oder weniger nur um Männer. Um vorhandene und nicht-vorhandene. Wäre das ein Film, würde er beim Bechdel-Test durchfallen, überlege ich. Der Test beschreibt feministische Anforderungen an einen Film in drei Fragen: Spielen zwei Frauen mit? Sprechen sie miteinander? Sprechen sie über etwas anderes als einen Mann?

Ja, ja, nö, beantworte ich die Fragen und finde, dass wir daher eher einem Woody-Allen-Film entsprungen sein könnten. Wir reden viel durcheinander, erleben nichts oder ganz viel Seltsames, neurotisch sind wir auch alle ein bisschen und hier am Tisch ist wie in den Filmen ebenfalls jeder Klischeetyp Frau vertreten: Single mit Karriere, eine Getrennte mit großen Kindern, eine Verheiratete mit kleinen Kindern und Job und Hund, eine zum dritten Mal in diesem Jahr frisch Verliebte, eine im sechsten Monat Schwangere – und dann noch ich. In welche Kategorie gehöre ich eigentlich?

„Und bei dir so?“, fragt mich da die Singlefrau. „Irgendwas Neues?“

„Ich esse nachts Chips mit Avocado und gucke dabei Serien“, sage ich.

„Super“, schaltet sich die Getrennte ein, „kannst du was empfehlen?“

„Ich schaue grad *The Handmaid's Tale* und davor *Fleabag*“, sage ich mit süchtigem Blick.

„Großartig, alles“, findet die Singlefrau.

„Oh, die kenne ich noch gar nicht.“ Die Getrennte tippt im Handy mit, die Verheiratete mit Kindern winkt ab: „Ich hab für so was leider null Zeit.“

„Ich auch nicht“, sagt die frisch Verliebte und schaut lächelnd in ihr Glas.

„Ich ertrag einfach nichts Schlimmes mit Kindern mehr und von Avocado wird mir schlecht“, meint die Schwangere, steht auf und geht schon wieder aufs Klo. Ich finde, sie sieht von hinten ein bisschen aus wie Offred aus *A Handmaid's Tale*. Und plötzlich will ich wissen, ob Offred jetzt auch schwanger ist oder nicht.

„Ich muss nach Hause, meine Serie ruft“, sage ich und stehe ebenfalls auf. Die anderen sehen mich irritiert an, und da weiß ich plötzlich, in welche Kategorie ich gehöre: die in Woody-Allen-Filmen wohl allerschlimmste. Ich bin die serienguckende Singlefrau mit Avocado.

Von Ärschen und Leggins

Ich setze mich im Bus vor zwei Jungs, beide etwa sechzehn Jahre alt. Der eine guckt mich komisch an und sagt etwas wie: „Boah, sieht die Kacke aus.“ Ich überlege ziemlich irritiert, ob er etwa mich meint und ärgere mich über mich selbst, weil es mich ärgert. He, der ist ein Teenager und ich könnte seine Mutter sein, sage ich mir zur Beruhigung. Während wir fahren, bemerkt er hier und da immer mal wieder etwas Gemeines über andere Mitfahrende oder Leute am Straßenrand. Der andere sagt nichts. Als ein Mädchen in Leggins den Bus betritt und sich in unsere Nähe an die Tür stellt, sagt der Typ hinter mir nicht unhörbar für das Mädchen: „So 'n Arsch, aber dann Leggins.“

Ich drehe mich um und gucke ihn an: „Geht's noch?“, frage ich.

Er, cool hinter seiner schwarzen Maske: „Was wollen *Sie* denn?“

„Dass du deine Bemerkungen für dich behältst“, sage ich etwas zu laut und drehe mich wieder nach vorn.

„Ist doch meine Sache", sagt er und lacht.

Ich drehe mich wieder um und mustere ihn wütend. Er trägt ein Poloshirt mit einem Markenlogo auf Brusthöhe. „Und wenn ich sagen würde: ‚Was bist'n du für 'n Schnösel', und andere Leute teilen dir auch alle naselang ungefragt ihre Meinung über dich mit?"

„Wär mir scheißegal", sagt der Typ.

„Das glaub ich nicht."

Ich drehe mich wieder nach vorn und komme mir vor wie eine alte Tante.

Als die beiden Jungs aufstehen und zur Tür gehen, sagt das Mädchen in den Leggins zu dem Typen: „Lieber 'n Arsch in 'ner Leggins haben, als so 'n Arsch zu sein wie du."

„Ey, lasst mich doch alle zufrieden", sagt er und steigt aus.

Irgendwie freue ich mich darüber. Als das Mädchen an der nächsten Station auch aussteigt, lächelt sie mich hinter der Maske vielleicht kurz an. Ganz klar ist das nicht.

Selfies

Ich stehe auf dem S-Bahnhof und beobachte eine etwa Zwanzigjährige, die bereits seit ein paar Minuten Selfies macht. Sie scheint dabei vergessen zu haben, dass sie nicht allein ist. Mittlerweile sehen ihr neben mir noch zwei andere dabei zu, wie sie sich ins rechte Licht und in den besten Winkel rückt. Sie nimmt den Schal ab und legt ihn sich wieder um, lächelt in die Kamera, guckt schmollend, einmal zieht sie ihre Maske in ihre Haare wie ein Stirnband. Ach, so geht das, denke ich, während ich ihr interessiert zusehe. Ich bin nämlich die unbegabteste Sich-selbst-Fotografiererin der Welt. Wenn ich ein Selfie von mir mache, habe ich meist entweder ein Auge zu oder sehe aus wie eine Art Troll aus einem Fantasy-Film. Ich habe schon ernsthaft überlegt, ob ich tatsächlich eigentlich so aussehe und immer nur annahm, ich würde auf andere wirken wie mein Spiegelbild.

„So ist es auch“, nickte eine Freundin. „Das Selfie zeigt dich so, wie du für alle anderen aussiehst.“

„Wie schrecklich“, fand ich unglücklich. „Das ist ja so wie damals, als man sich zum ersten Mal auf einem Tonband gehört hat und dachte: Das ist meine Stimme? Das geht ja gar nicht. Wie ertragen die anderen das bloß?“

Es ist schon erschreckend, wie die Außenwahrnehmung manchmal von der eigenen, inneren abweicht.

Die junge Frau hier sieht aber aus wie eine Selfiequeen. Eine, die genau weiß, wie sie gucken muss und in welchem Winkel, um ganz zauberhaft auszusehen. Grad guckt sie schelmisch von unten in ihr Handy. Hinter ihr steht ein alter Mann und schüttelt den Kopf. Sie sieht ihn nicht, sondern scrollt sich inzwischen durch ihre Fotoergebnisse. Sie seufzt. Dann spricht sie in ihr Handy und sagt: „Ey, hilf mir mal, ja? Ich schick dir Selfies und du sagst, welches du gut findest, o.k.? Find mich auf allen krass hässlich.“

Die S-Bahn kommt und beim Einsteigen fühle ich mich ein bisschen weniger allein auf der Welt.

Bumerang

Ich stehe mit meinem Sohn an der Kasse in einem Supermarkt mit viel Auswahl. Wir haben Unmengen eingekauft, weil wir unser halbjährliches Zeugnisessen diesmal zu Hause machen wollen. Die Kinder haben sich Wraps gewünscht und da benötigt man natürlich viel Füllstoff. Außerdem ist Sommer im Obstregal. Wir haben also alles in den Wagen gelegt, worauf wir Lust haben, und gerade kullern Stachelbeeren und Aprikosen, Pfirsiche und Johannisbeeren das Band herunter. Während die Kassiererin die Melone auf den Scanner hebt, sagt sie mit dem Blick auf der Kasse: „Na, das wird wohl ’n Obstsalat, wa?“

Ich antworte: „Offenbar ein echt großer.“

„Wie für die Affen im Zoo“, sagt sie. Mein Sohn und ich lachen zu laut.

Eine Kasse weiter tritt ein Junge mit seinem über Mund und Nase gezogenen T-Shirt heran und sagt: „Hallo, ich bin wegen dem Zeugnis da.“

Die andere Kassiererin ruft: „Karin, wegen dem Giftblatt.“ Sie grinst.

Unsere Kassiererin beugt sich hinunter und holt ein etwas ramponiertes, in der Mitte gefaltetes Zeugnis unter der Kasse hervor, dreht sich um und reicht es dem Jungen mit den Worten: „Wolltst es wohl loswerden, wa?“

Der Junge zuckt mit den Achseln. „Wär schön gewesen.“

„Keine Sorge, hab’s nicht angeguckt. Wird schon werden“, sagt sie und wendet sich wieder der Melone zu. Der Junge trollt sich mit eingezogenen Schultern.

„Nanu, was war das denn?“, frage ich neugierig.

„Hat er hier im Laden liegenlassen und ein Kunde hat es zu mir gebracht. Da ham wa die Schule angerufen.“ Die Kassiererin kullert die Melone zu mir: „Hab’s natürlich doch angeguckt.“ Sie zieht die Mundwinkel in die Breite. „Das Bürschchen hat heute bestimmt noch Palaver zu Hause. Aber da kannste nix machen. So ’n Zeugnis is wie ’n Bumerang. Das kommt immer wieder zurück.“

Kochsträuße

Ich laufe mit meiner Yogamatte durch betulich stille Straßen in Lichterfelde. Meine Freundin Derya und ich haben anderthalb Stunden digitales Yoga in ihrer Küche hinter uns, danach ein Glas Wein auf der Matte getrunken und jetzt fühle ich mich, als würde ich gleich zusammenbrechen oder anfangen zu schweben. So ganz entschieden habe ich mich noch nicht. Ich bestaune die Pflanzen in den Villengärten. Dort stehen die gleichen Büsche und Kräuter wie auf meinem Balkon, nur sind diese hier viermal so groß.

Vor dem Zaun einer Backsteinvilla entdecke ich die alte Frau mit den weißen Locken, die ich oft treffe, wenn ich Derya besuche. Inzwischen grüßen wir uns. Einmal fragte sie nach einem Fotoladen und zeigte mir einen alten Fotoapparat: „Sehen Sie, ich brauche neue Batterien.“ Ich konnte ihr leider nicht weiterhelfen, aber das schien sie wenig zu kümmern.

Ein anderes Mal fragte sie, ob ich wisse, wo Willi bleibe. „Leider nein“, entgegnete ich und fragte, wer denn Willi sei. Sie machte eine abfällige Geste: „Das weiß er manchmal selbst nicht.“

„Oh“, sagte ich. Mehr fiel mir nicht ein, aber ich habe noch lange überlegt, warum Willi nicht weiß, wer er ist.

Jetzt schneidet sie mit einer Gartenschere Zweige in einen Eimer. Als ich näherkomme, grüßt sie fröhlich und erklärt: „Ich schneide Kochsträuße.“ Ich bleibe stehen und wiederhole matt: „Kochsträuße?“ Sie bückt sich, legt die Gartenschere auf die Erde und bindet ein paar Zweige Salbei, Rosmarin und Lavendel mit einem Gummiband zusammen: „Der ist für Sie.“ Ich freue und bedanke mich, aber als ich weitergehe, höre ich nach ein paar Metern eine wütende weibliche Stimme: „Was fällt Ihnen ein, meine

Kräuter abzuschneiden?“ Ich drehe mich um. Die alte Frau läuft mit dem Eimer die Straße hinunter, als wäre nichts geschehen.

Schlichtungsversuche

In der Schlange beim Bäcker stehen zwei Frauen mit Mundschutz vor mir. Die eine hat rote Haare und Ohrringe, die bei jeder Bewegung klirren. Die andere hat ihre Haare mit einem Ess-Stäbchen hochgesteckt. Es ist eins dieser Stäbchen, die man seitlich durchbrechen muss, bevor man mit ihnen essen kann. Ich überlege, ob sie es benutzt hat, bevor sie es sich in die Haare steckte.

Die Stäbchenfrau erzählt laut von einem Gespräch im Büro. Sie unterhält den ganzen Bäcker. Ihre Stimme ist schrill.

„Und da sagt die doch glatt zu mir: Wenn du noch mal beim Telefonieren deine Tür offen lässt, komm ich zum Telefonieren zu dir in den Raum.“

Die andere guckt in die Auslage: „Ich glaub, ich nehm ein Stück vom Käsekuchen.“

„Ja“, sagt die Stäbchenfrau. „Dann hab ich gesagt: Entschuldige mal, hast du eine Ahnung, wie heiß es in meinem Raum ist? Da knallt die Sonne den ganzen Tag. Ich muss die Tür offen lassen.“

Die Stäbchenfrau guckt die Rothaarige an. Die sagt ruhig: „Willst du auch eins?“

„Meinetwegen“, sagt die Stäbchenfrau unwirsch. „Die hat sie doch nicht alle. Was bildet die sich ein? Ich mein, ich telefonier ja nicht privat.“

Die Rothaarige tritt an den Tresen und bestellt den Käsekuchen.

„Ich lad dich ein", sagt sie zu der Stäbchenfrau.

Die ruft: „Hast du mich überhaupt gehört?"

Die Rothaarige zahlt und sieht der Verkäuferin zu, die den Kuchen konzentriert in Papier einschlägt.

„Hallo?", ruft die Stäbchenfrau ziemlich aggressiv. Die Verkäuferin guckt auf.

Die Rothaarige sagt leise: „Vielleicht können wir Chefchen ja fragen, ob du einen Ventilator bekommst."

„Alles klar", gellt die andere beleidigt. „Also findest du mich auch zu laut beim Telefonieren?"

Die Verkäuferin guckt von der einen zur anderen, reicht das Kuchenpaket über den Tresen und sagt: „Ich glaub, so 'n Ventilator ist 'ne echt gute Idee."

Tofuwürstchen

Heute in der S-Bahn sitze ich zwei Männern gegenüber, die sich über Tofuwürstchen unterhalten. Der erste, schmal, mit einem blauen Hemd, unter dessen Achseln sich zwei feuchte Stellen abzeichnen, und blauem Mundschutz sagt: „Also ich muss jetzt immer diese vegetarischen Würstchen und Schnitzel auf den Grill legen, weil die Kinder seit Neuestem beide Vegetarier sind. Und neulich hab ich dann mal so ein Würstchen verwechselt und selbst reingebissen."

„Und?", fragt der andere mit kariertem Hemd und chirurgischer Maske, als handele es sich um eine Expedition ins Weltall: „Ging gar nicht, oder? Schmeckt wie Schuhlasche."

„Nee, war eigentlich o.k., nicht so schlimm, wie erwartet", sagt der mit blauem Hemd.

„Jetzt erzähl mir aber nicht, du willst am Samstag kein Steak bei uns essen."

„Doch, doch", sagt der andere.

„Aber jetzt mal ehrlich", sagt das karierte Hemd: „Tofuwürstchen sind doch die Fake-News der Lebensmittel."

Der Blaue schaut ihn an und sagt: „Versteh ich nicht."

„Na, die tun als wär'n sie echt, sind aber Fake."

Der in Blau holt kurz Luft und dann kommt ein langer Monolog über CO_2-Emission, Massentierhaltung und gesunde Ernährung.

Der andere starrt ihn an und sagt gar nichts mehr.

Der Blaue nach kurzer Pause: „Weiß ich alles von meinen Kindern. Dagegen kommste nicht an."

Murphy's Law am Montagmorgen

Ich sitze auf dem S-Bahnhof in der Sonne. Es ist Montagmorgen und ich ärgere mich, weil ich gerade ganz knapp die S-Bahn verpasst habe. Es sind noch neun Minuten bis zur nächsten Bahn, und ich weiß, ich werde damit zu spät zu meinem Termin kommen. Auf dem Sitz neben mir liegt ein Buch mit dem Titel *Murphy's Law*. Ein Stempel auf dem Schnitt zeigt an, dass es sich um ein preisreduziertes Mängelexemplar handelt. Ich lache wegen der lustigen Symbolik kurz in mich hinein, mache ein Foto und schaue auf mein Handy, während sich eine Frau auf die andere Seite neben das Buch setzt.

Als die S-Bahn einfährt, stehe ich auf und gehe etwas weiter nach vorn an die Bahnsteigkante. Die Frau kommt mir hinterher, tippt mir auf die Schulter und fragt: „Entschuldigung, ist das Ihr Buch da?" Sie zeigt auf *Murphy's Law*. Ich schüttele den Kopf: „Nein, das ist nicht meins. Es lag da schon."

„Ach", sagt sie erfreut, „na, dann nehme ich es mit."

In der S-Bahn stehe ich an der Tür und beobachte, wie sie auf ihrem Platz durch die Seiten blättert, hier und da ein paar Abschnitte anliest und das Buch dann unauffällig auf den Platz neben sich legt. Ihre Augen über der bunt bedruckten Maske schauen betont harmlos aus dem Fenster.

Nach zwei Stationen steht sie auf und ein Junge ruft ihr nach wenigen Schritten hinterher: „Hallo, Sie! Sie haben Ihr Buch vergessen.“ Er hält es ihr entgegen. Die Frau runzelt die Augenbrauen, nimmt das Buch und bedankt sich. Neben mir an der Tür sieht sie mich an, hält das Buch hoch und sagt: „Das wird man wohl schwer wieder los.“

Ich lache und sage: „Liegt vielleicht am Inhalt.“

Sie zuckt mit den Achseln.

„Na ja“, sagt sie, „ich muss noch zweimal umsteigen. Irgendwann wird es klappen.“

Als sie aussteigt, wünsche ich ihr noch viel Glück dabei.

Begegnungen in der Charité

Es ist schon kurz nach achtzehn Uhr und in den Gängen der Charité leert es sich. Die Patient*innen haben gerade das Abendbrot bekommen und ich war etwas länger bei Großmutter zu Besuch als die erlaubte Stunde in Zeiten von Corona. Jetzt hoffe ich, dass ich noch durch den großen Eingang hinauskomme.

Gestern stellte sich mir ein Sicherheitsmann in den Weg und sagte: „Bitte dort entlang.“

Er zeigte auf eine Tür rechts in ein Treppenhaus mit dem Schild „Psychiatrische Abteilung 1. Stock“.

„Haha, sehr witzig“, sagte ich zu ihm.

„Könnte sein“, meinte er und seine Augen zwinkerten

über der Maske, „aber da geht's jetzt raus. Der Eingang hier ist schon zu."

„Ach so", sagte ich, „ich dachte, Sie machen einen Scherz."

„Ich mache hier schon lange keine Scherze mehr", erwiderte der Sicherheitsmann und lachte.

Jetzt betrete ich den Fahrstuhl nach unten. Hinten vor dem Spiegel kauert ein Mann in einer Ecke. Er trägt eine Maske und eine helle Hose. Mit einer Hand hält er sich an der Stange fest, mit der anderen umklammert er seine Knie und schaut mich mit großen Augen an. Ich nicke ihm zu und wundere mich, dass noch kein Stockwerk gedrückt ist, betätige den Knopf mit dem E und frage ihn, ob ich für ihn drücken kann.

„Ja", sagt er. „Bitte die vierte."

Ich drücke auf die 4, aber als der Fahrstuhl im vierten Stock hält, sagt der Mann: „Ach nein, doch die drei."

Ich drücke auf die Nummer 3. Die Türen schließen sich wieder.

„Können Sie auch noch die zwei und die eins drücken?", fragt er dann. Seine Stimme kickst nervös.

„Sicher", sage ich. „Wo müssen Sie denn hin?"

„In die Psychiatrische."

„Die ist im ersten Stock", sage ich und der Mann nickt.

„Das weiß ich, weil der Sicherheitsmann gestern einen Scherz mit mir gemacht hat", erkläre ich unnötigerweise. Der Mann schaut mich an.

Ich sage lieber nichts mehr und gucke konzentriert auf die Knöpfe. Aus den Augenwinkeln sehe ich, dass mich der Mann die ganze Zeit anstarrt. Im zweiten Stock öffnen sich die Türen und er steht auf und drückt sich mit dem

Rücken an der Wand zum Ausgang vorbei. Er lässt mich dabei nicht aus den Augen.

„Das ist erst die zwei", bemerke ich vorsichtig.

„Ja", sagt der Mann und schaut mich ängstlich an.

„Ich dachte, Sie wollten in die eins?"

„Ach so, nein", sagt er. Die Türen schließen sich, öffnen sich aber nach kurzer Zeit gleich wieder. Ich sehe draußen niemanden, aber ich höre, wie der Mann zu jemandem sagt: „Ich hatte eben Halluzinationen im Fahrstuhl. Ich nehm lieber die Treppe."

Und ich überlege immer noch, ob er wirklich mich meinte.

Raucher vor Krankenhaustüren

Ich sitze auf einer Bank vor dem Westeingang der Charité. Es ist Sonntag und was los. Leute kommen mit Blumen oder sie fahren Angehörige im Rollstuhl vor die Tür. Patienten schlurfen heraus mit Zugängen im Arm oder sogar einem Tropf an einem rollbaren Gestell neben sich, andere schieben einen Rollator vor sich her oder krebsen mit Gehgips in die Raucherecke. Sie stehen da, grüßen kurz, rauchen, gucken dabei aber lieber weg. Ein Mann mit Hausschuhen und einem Bademantel fragt: „Hattet ihr heute auch die Tortellini?"

„Nä", sagt eine Frau und lacht heiser. „Fischröllchen. War aber mehr Panade als Fisch." Die anderen rauchen und sagen gar nichts.

„Und das mit dem Joghurt", sagt der Tortellinimann. „Die fragen immer, ob man einen Joghurt will, aber es kommt dann nie einer. Pudding, Quarkspeise oder rote Grütze – heißt hier alles Joghurt." Die anderen nicken.

„Is mir ooch schon uffjefallen“, sagt eine Frau mit weißblonden Haaren und sonnenbankgegerbtem Gesicht. „Is alles een Abwasch. Aber wenn Se nen rischtijen Joghurt woll’n, dann sagen Se am besten Bescheid, dass Se nich abführ’n können. Dann jib’s Joghurt, bis der Arzt kommt.“

Die Runde lacht.

Der Tortellinimann: „Ich bin auf der Gastro mit ’ner Diarrhö.“

„Ach, du Kacke“, sagt die Blonde. Wieder lachen alle.

Ein Mann im Trainingsanzug sagt zum Tortellinimann: „Da hab ich ’nen Witz für dich: Kommt einer mit Durchfall immer wieder zum Arzt. Hilft immer nix, ne. Sagt der Arzt beim dritten Mal: Also ehrlich, guter Mann, ich kann Ihnen nich mehr helfen, am besten gehen Se mal zum Psychodoktor. Nach ’nem Jahr kommt der Mann wieder zum Arzt und der Arzt fragt: Na, etwa wieder der Darm? Nö, sagt der Mann. Den Durchfall hab ich noch wie immer, aber jetzt macht’s mir nix mehr aus.“

Die Gruppe grölt. Ich kichere in mich hinein. Der Tortellinimann lacht am lautesten. Als ich wieder im Gebäude bin und mit dem Fahrstuhl nach oben fahre, hat jemand mit Edding „Lachen nicht vergessen“ an die Wand geschrieben, und gerade da fällt mir die Textzeile eines Songs von den Editors ein: „The saddest thing that I’d ever seen were smokers outside the hospital doors.“ Dem kann ich allerdings nicht zustimmen.

Haro

Auf dem Kaiser-Wilhelm-Platz sitzt ein Junge auf einer Bank. Ich schätze ihn auf etwa acht. Vor ihm ist eine

Decke mit Kinderspielsachen ausgebreitet. Lego Duplo, ein paar Bücher und Hefte, Holzspielzeug und Fantasiefiguren. All dem ist er wohl schon entwachsen. Er trägt ein Cap, schaut auf ein Handy oder sieht die Leute, die im Vorbeigehen kurz auf seine Decke schauen, hoffnungsvoll an. Keiner bleibt stehen. Ich warte auf Julia, die sich verspätet, und schlendere zu seiner Decke herüber. Beim letzten Mal habe ich in so einer Situation zwei kleinen Mädchen einen Haufen glitzernde Feen abgekauft, die ich fortan an Geburtstagsflaschen band. Gab immer ein großes Hallo. Bei zwei Leuten sitzen die Feen immer noch herum. Die eine im Balkonkasten und die andere verzaubert jeden Toilettenbesucher.

„Hallo", sage ich und der Junge nickt schüchtern. Er hat keine Feen im Angebot und die Fantasiefiguren sind mir zu ernst und zu kämpferisch. Ich überlege, ob ich ein paar Micky-Maus-Hefte kaufe und sie meiner Tochter für ihre Collagen mitbringe, als mein Blick auf ein paar Zeichnungen fällt, die unter den Heften stecken.

„Was ist denn das?", frage ich und sehe mir die Zeichnungen an. Viel Farbe, wilde Formen oder lustige Kopffüßler. Der eine hat es mir besonders angetan. Haro steht darüber und Haro sieht aus, als habe er einen guten Humor.

„Die malt mein Bruder Lukas."

„Wie toll", sage ich und muss lachen. „Weiß er, dass du sie hier verkaufst?"

„Der ist noch zu klein", sagt er, „der versteht das nicht."

Er zeigt mir noch weitere Bilder. Auf dem einen sieht man eine Familie. Die Mutter ist riesig, mit Locken aus lauter Würmern und einem sehr breiten Lachen, dem Vater daneben stehen die Haare zu Berge. Der Kleinste hat sich mit sehr großen Augen gezeichnet. Ich zeige auf den etwas größeren Jungen mit Hut und frage: „Bist du das?“

Der Junge lächelt schräg. „Glaub schon.“

„Das musst du behalten“, sage ich. „Das ist wirklich ein ganz tolles Familienporträt.“

„Sie können es gern kaufen“, sagt der Junge.

„Ich kaufe Haro, o.k.? Und das bunte hier. Und ich gebe dir Geld dafür, dass du das mit eurer Familie aufhebst, o.k.? Das musst du wirklich behalten.“

Der Junge schaut mich an, als sei das der bekloppteste Vorschlag einer Erwachsenen, von dem er je gehört hat, aber er nickt.

„Wieviel kosten die Bilder?“

„Fünfzig Cent“ sagt er. Und fügt dann schnell hinzu: „Pro Person auf dem Bild.“

Ich lache. „Also dann kostet eure Familie zwei Euro, ja?“

„Genau“, er nickt zufrieden über seinen super Einfall.

„O.k., du bist geschäftstüchtig. Ich nehme das bunte und Haro und das Familienbild und du steckst es dann aber weg, abgemacht?“

Der Junge nickt, ich gebe ihm das Geld, bedanke und verabschiede mich.

Als ich mich umdrehe, steht Julia ein paar Meter weiter und schaut mich an: „Man kann dich wirklich keine Minute allein lassen, ohne dass du schon wieder irgendwo Geld ausgibst.“

Ich zeige ihr Haro und sie lacht. „Der ist wirklich süß.“

Als wir über die Straße gehen, sehe ich, wie der Junge sich das Familienbild ansieht. Ich hoffe wirklich, er verkauft es nicht noch einmal.

Echte Freunde

Zwei Jungs an der roten Ampel, beide schlaksig, in der Pubertät. Beide tragen schwarze Jogginghosen und weiße T-Shirts.

„Ich darf nicht mit", sagt der rechts.

„Alter, was geht?", fragt der links laut.

„Wegen Kiffen und so."

„Scheiße?", sagt der auf der linken Seite. Es klingt wie eine entsetzte Frage.

„Na hier, wegen Corona", sagt der rechts und hebt seinen Arm, an dem eine Maske ums Handgelenk hängt.

Der andere guckt wie ein Auto. „Kapier ich nich."

„Weil alle dran ziehen, Mann."

Der links: „O.k."

Beide gucken nach vorn. Es wird grün und als sie loslaufen, sagt der links: „Dann backen wir eben Cookies."

Der andere sagt nichts, guckt nur mutlos.

Der links, sehr tröstend: „Ich frag meine Schwester, die macht das schon für uns."

Whiskeyzucker

Im Supermarkt steht eine Frau am Regal mit Mehl und Eiern und schaut sich suchend um. Sie sieht aus wie ein Paradiesvogel. Ihr Rock ist rot, lang und plusterig, darüber trägt sie eine orange Bluse und einen Sommerhut mit einer lilafarbenen Blume. Bei jeder ihrer Bewegungen klirren Armbänder und ihre Maske ist feuerrot mit einer kleinen Ausstülpung vorn, die wie ein Schnabel aussieht. Ihr blumiges Parfum setzt sich schwer zwischen die Eierkartons. Ich nehme einen Karton, schaue hinein und stupse jedes Ei an, um zu sehen, ob es noch ganz ist. Die

Vogelfrau schaut mir dabei zu. Als ich den Deckel befriedigt wieder schließe, treffe ich ihren Blick und sie sagt: „Das ist ja mal ein Trick."

Ich überlege, ob sie das ernst meint, und sage vorsichtshalber „Na ja."

Nicht weit vor dem Kühlregal höre ich wieder ihre Stimme: „Entschuldigung, können Sie mir helfen?"

„Ich versuch's", sagt eine Verkäuferin mit einer Liste in der Hand.

„Ich suche Börben-Vanille", sagt die Vogelfrau und zeigt hilfesuchend auf das Regal. Die Verkäuferin guckt sie an und kratzt sich am Ohr.

„Also der Whiskey steht drei Reihen weiter."

Die Vogelfrau schaut irritiert und sagt: „Nein, wissen Sie, den Börben-Vanillezucker in den kleinen Tütchen."

„Ach so", sagt die Verkäuferin, „Bourbon-Vanillezucker ist genau auf der anderen Seite ganz oben."

„Bourbon?", fragt die Vogelfrau. Die Verkäuferin nickt: „Das andere ist der Whiskey."

„Ach", macht die Vogelfrau. „Ich wusste ja gar nicht, dass es auch Whiskeyzucker gibt. Finde ich den auch da?"

„Äh, nee, den gibt es nicht. Ich habe Sie nur nicht gleich verstanden."

Die Vogelfrau guckt verwirrt.

Als die Verkäuferin an mir vorbeikommt, sagt sie mehr zu sich selbst: „Das sind die Leute, die auch immer nach dem Prosettscho suchen."

Wenn es piept

Ich stehe an der Kasse in der Drogerie, als es am Eingang laut piept.

Ein Vater mit einem vor dem Bauch gebundenen Tragetuch, aus dem lediglich ein paar knubbelige Säuglingsbeine heraushängen, bleibt im Eingang stehen und guckt erschreckt. „War ich das?“, fragt er den Kassierer.

Der zuckt die Achseln. „Kann schon sein.“

„Aber ich komme ja gerade erst“, sagt der Vater.

Der Kassierer lacht: „Sie meinen, wenn Sie rausgehen, piept es in jedem Fall?“

Der Vater, leicht gestresst: „Aber nein.“

„Sollte nur ein Witz sein. Ich rufe jemanden“, sagt der Kassierer. „Ist gleich da.“

Er zieht meine Einkäufe weiter über den Scanner. Der Vater geht noch einmal durch den Eingang und es piept wieder.

„O.k., also ich bin es wirklich“, ruft er dem Kassierer zu. Der nickt und sagt: „Waren Sie gerade irgendwo anders einkaufen? Vielleicht ist es eine Fremdsicherung.“

Inzwischen ist eine Mitarbeiterin eingetroffen und begutachtet den Vater von oben bis unten.

„Vielleicht ist es Ihr Handy, geben Sie mal her.“ Der Mann gibt ihr sein Handy und geht wieder durch die Tür, es piept.

„Dann mal ihr Portemonnaie, und haben Sie noch Karten oder einen elektronischen Schlüssel?“ Der Mann räumt leicht genervt seine Hosentaschen aus und gibt ihr alles in die Hand, geht durch die Tür und es piept wieder.

Die Mitarbeiterin guckt auf sein Tragetuch und sagt: „Dann muss es wohl das Baby sein.“

„Wie?“, fragt der Mann.

„Na, vielleicht müssen Sie mal das Tuch abmachen.“

„Jetzt piept’s wohl bei Ihnen? Das Kind schläft endlich und das Tuch bekomme ich allein gar nicht mehr angelegt.“

Sie reicht ihm seine Sachen zurück und sagt: „Ist o.k. Lassen wir's einfach."

Der Kassierer grinst mich an und sagt: „Is klar. Wenn's bei allen piept, hört man es irgendwann gar nicht mehr."

Die Zauberbrille

Ich sitze in der Filiale einer bekannten Optikerkette und warte auf meine Beraterin, als eine Mutter mit zwei Jungs hereinkommt und hinter mir vor den Kinderbrillen stehen bleibt. Die Jungs haben etwas längere Haare und sind vielleicht sechs und zehn Jahre alt. Der Kleine nimmt immer die untersten Brillen, setzt sie auf, rennt vor den Spiegel und zieht eine Grimasse, während der Ältere sehr bedächtig Reihe für Reihe anguckt und sich für kein Modell zum Anprobieren entscheiden kann.

„Guck mal, das sieht aus wie bei Cinderella", sagt der Kleine mit einem pinken Gestell auf der Nase.

Der Ältere winkt ab. „Das geht gar nicht."

„Und die hier wie bei Harry Potter", freut sich der Kleine kurz danach mit einer runden blauen Brille auf der Nase. „Die kann gut gucken."

Die Mutter erklärt: „Da kommen dann noch andere Gläser rein" und zeigt dem Älteren mal dieses und mal jenes Modell, aber der große Junge schüttelt immer den Kopf.

Der Kleine sitzt mit der Harry-Potter-Brille vor dem Spiegel und sagt: „Ich hab Hunger." Bruder und Mutter ignorieren ihn.

„Die kann am besten gucken", ruft er noch mal. Wieder wird er ignoriert. Er schaut sich beschwörend im Spiegel an und flüstert: „Ich habe jetzt die Zauberbrille und ich zauber eine Brille für Emil und zweimal Pommes für mich."

Er guckt zur Decke und wieder in den Spiegel: „Mit viel Ketchup."

Die Tragik der Pubertät

Ich bin mal wieder im Supermarkt und verfluche alles. Das Einkaufen, das Anstehen, das anschließende Geschleppe nach Hause und dann auch gleich noch das Kochen. Die Mahlzeiten sind inzwischen eine logistische Aufgabe geworden, derer ich müde bin. Die Kinder könnten doch auch mal, denke ich, und mir fällt ein, dass sie schon mal einkaufen und auch ab und zu kochen, aber gegen den Pubertätshunger kommt niemand an.

Meine Nachbarin Olga erzählte, wie sie an einem Freitagabend zwei große Brote kaufte und annahm, das sollte für das gesamte Wochenende reichen. Am Samstagmorgen fand sie nur noch Krümel im Brotkorb. „In diesem Moment wusste ich, dass sich etwas ändern muss", sagte sie. „Eine Ernährungsumstellung der anderen Art. Ab da gab es Bananen satt, weiße statt grüner Bohnen und Gemüse nur noch mit Käse überbacken. Deine Rettung sind Toastbrote und Tiefkühlpizza", sagte sie überzeugt.

Ich zog ein Gesicht. „Ich hasse Tiefkühlpizza, aber Bananen sind eine gute Idee." Ich nehme also noch zehn Bananen zu all dem anderen und stelle mich mit vollem Einkaufswagen an der Kasse an.

Vor mir steht ein unruhiger Mann. Er tänzelt hinter seinem Wagen. Plötzlich hebt er einen Arm und ruft der Kassiererin zu: „So öffnen Sie doch eine zweite Kasse."

Es klingt theatralisch, geradezu bühnenreif. Die Kassiererin schaut hoch, hebt ebenfalls einen Arm in ausladender Geste: „So lassen Sie mich Bescheid geben."

Der Mann antwortet im gleichen Singsang wie zuvor: „Ich danke Ihnen – vielmals."

Die Leute kichern.

Ein schlaksiger Junge mit Bartflaum, der von rechts ankommt, sagt zu seinem Freund: „Und jetzt sind wir auch noch in 'ner scheiß Musical-Parallelwelt gefangen."

Sein Freund guckt ausdruckslos und sagt: „Lass mal 'n Döner essen gehen."

Und da verstehe ich die gesamte Tragik der Pubertät.

Wechseljahre

Ich bin in Kreuzberg in der Oranienstraße an der Bushaltestelle und warte auf den M29er, der mal wieder nicht kommt. Mit mir stehen viele andere und ich befürchte, dass der Bus wieder so voll sein wird, dass ich sowieso noch auf den nächsten warten muss. Es sieht nach Regen aus. Schon den ganzen Tag denkt man, jetzt regnet es gleich, aber dann ist es einfach nur noch ein bisschen grauer. Ein Mann guckt zum Himmel, und als habe er meine Gedanken erraten, ruft er mir zu: „Das war's jetzt mit dem Sommer. Ick riech schon den Herbst."

Er trägt Sneakers und eine Übergangsjacke, so wie die meisten um uns herum. Ich zeige auf meine Flip-Flops und sage: „Bei mir ist noch Sommer."

Der Mann lacht und hält sich mit einem kurzen Arm den Bauch. „Bis de nasse Füße krichst."

Ich lächle kurz, dann schaue ich auf mein Handy, bis er jemand anderen anspricht. Diesmal geht es um den Bus.

Jeden Tag muss er sich ärgern. Er habe schon ’ne Mehl geschrieben, erzählt er.

Neben mir stehen zwei Frauen. Die eine hat sehr gleichmäßige Locken. Wie Korkenzieher. Kaum denke ich an Korkenzieherlocken, habe ich sofort Funny van Dannens Lied im Kopf. Lalalalalange Korkenzieherlocken.

Die Korkenzieherlockenfrau fächelt sich mit einer Broschüre Luft zu und sagt: „Puh, ist mir heiß. Das gibt’s doch nicht.“

Die andere schaut kurz von ihrem Handy auf, sagt aber nichts.

„Sag jetzt nichts“, meint die mit den Locken.

Die andere murmelt: „Was sagst du?“

„Na, wenn man in unserem Alter nur mal erwähnt, dass einem heiß ist, kommt sofort: Das sind die Wechseljahre.“

Die andere guckt jetzt hoch: „Ich würd eher sagen, zieh die Regenjacke aus.“

„Nee, ich hab so ’n doofes T-Shirt an und meine Arme sind doch so fett, sagt Hubie.“

Die andere guckt plötzlich ziemlich genervt: „Und dann würd ich noch sagen: Wechsel den Mann.“

Am Ende des Regenbogens

Es ist Sonntag und Derya und ich gehen im Wald spazieren. Irgendwann hören wir Stimmen und Gekicher und entdecken im Unterholz versteckt eine Gruppe von drei pinkelnden Frauen.

Als wir auf der anderen Seite des Sees sind, steht ein Regenbogen über dem Wald, ziemlich genau an der Stelle, wo vorher die drei Frauen pinkelten. Er ist riesig und sehr klar. Wir bleiben stehen und staunen.

Da sagt Derya: „So, jetzt wissen wir also Bescheid über den Schatz am Ende des Regenbogens."

Der nicht belastbare Hohlkörper

Als ich neulich Nachmittag nach Hause komme, finde ich an meiner Haustür ein großes Paket mit einem Aufkleber. „Achtung, nicht belastbarer Hohlkörper" steht darauf. Die Empfängerin ist eine mir unbekannte Frau mit unserer Adresse. Ich schiebe den Karton zur Seite, schließe auf, überlege und rufe als erstes Ina an. „Du, hier steht ein Riesenpaket vor meiner Tür, auf dem steht: ‚Achtung, nicht belastbarer Hohlkörper'. Ist das zufällig für dich?"

Ina giggelt und sagt: „Na super, jetzt haben sie mir doch echt den Chef in mein Homeoffice geschickt." Wir lachen. Dann sagt sie: „Nee, keine Ahnung. Ich hab keine weitere Verwendung für nicht belastbare Hohlkörper zu Hause. Frag doch mal Olga."

Ich rufe bei Olga an, die als Erstes fragt: „Ist was passiert? Wieso rufst du denn an?"

„Ich hab hier nur ein Paket und frage mich, ob es für dich ist? ‚Achtung, nicht belastbarer Hohlkörper' steht darauf."

Olga lacht laut und ruft: „Mist, jetzt hat die blöde Kuh mir meinen Ex doch wieder zurückgeschickt." Wir lachen ziemlich lang und Olga findet noch, ich soll die Annahme verweigern, das Paket würde nach jahrelangem Streit und Ärger klingen. Langsam fängt diese Sendung an, mir Spaß zu machen.

Ich rufe noch ein paar Leute aus dem Seitenhaus an und frage diesmal nach der Empfängerin. Keiner hat einen blassen Schimmer.

Als Letztes fällt mir der neue Nachbar ein. Er ist erst kürzlich unter das Dach im Hinterhaus gezogen.

Ich laufe die Treppe bis in den vierten Stock und klopfe an seine Tür. Er öffnet mit nacktem Oberkörper in Jogginghose und ich wiederhole mein Sprüchlein.

„Ist bestimmt der Weihnachtsmann“, sagt er. Ich lache und finde auch diesen Witz ziemlich gut, aber er guckt ernst: „Nee, echt, ist ein wetterfester Weihnachtsmann für den Balkon. Der kann im Dunkeln leuchten.“

Spielchen

Vor mir läuft ein älteres Ehepaar die Treppe im S-Bahnhof hinauf und bleibt ebenso wie ich vor dem Blumenladen stehen. Beide sind um die siebzig und sie ist schon die ganze Zeit unzufrieden mit ihm, man hat es bereits auf der Treppe gehört, und seitdem sie die Maske abgezogen hat, sieht man es ihr auch an. Zwei tiefe Falten graben sich seitlich ihrer Mundwinkel nach unten.

Sie schweigen und starren wie ich auf die Blumen.

„Du musst nicht denken, dass ich so was nicht sehe“, sagt sie plötzlich. Er brummelt unter seiner Maske.

„Weißt du, wie verletzend das ist? Was würdest du denken, wenn ich alle naselang einem Mann hinterherpfeife?“

Er hebt den Zeigefinger und sagt: „Gepfiffen habe ich nun nicht, meine Liebe.“

Sie putzt sich die Nase. „Aber nahezu. Angestarrt hast du sie. Fehlte nur noch, dass du stehengeblieben wärst und ihr hinterhergegafft hättest.“

Sie schaut mich an. Ich gucke schnell wieder auf die Blumen und entscheide mich gegen Rosen.

„Also", beginnt sie wieder „was würdest du sagen, wenn ich jedem x-beliebigen Mann hinterherstarre?"

„Also gestarrt habe ich nicht", sagt er.

„Ich würde dann aber starren", sagt sie trotzig. „Wenn ich so gucke wie sonst immer, bekommst du es ja sowieso nie mit."

„Ach", sagt er und sieht sie entsetzt an. „Heißt das, du siehst anderen Männern hinterher?"

Sie bückt sich und hält einen herbstlich gebundenen Strauß in die Höhe. Ich entscheide mich für Gerbera, ziehe einen Strauß aus dem Wassereimer und gehe zum Bezahlen nach innen. An der Kasse höre ich den alten Herrn sagen:

„Gitta, ich warte auf deine Antwort." Er klingt eifersüchtig. Gitta antwortet nicht, Gitta schaut jetzt auf die Rosen.

Die Blumenfrau nickt hinter der Scheibe in Richtung der beiden und sagt mit einem Seufzen: „Und ich dachte, diese Spielchen hören irgendwann mal auf."

Bibliophilie

Ich stehe vor dem Schaufenster eines kleinen Buchladens um die Ecke. Die Buchhandlung hat Anfang des Jahres erst eröffnet und ich war bereits öfter im Laden, habe mich mit Lesestoff versorgt und meine Geschenke hier besorgt. Gerade habe ich eigentlich gar kein Geld für Bücher, ich leihe sie daher in der Bibliothek, aber ich verspüre vor dem Fenster wieder den Drang, den Laden zu betreten, den vertrauten Geruch wahrzunehmen, das Geräusch beim Blättern der neuen Seiten zu hören, die allerersten Sätze zu lesen und mit der Hand über das Cover und das Papier zu streichen. Es gibt sehr große Unterschiede im Papier der Buchseiten, das weiß ich nicht erst seit meiner Buchbinderlehre, die ich vor meinem Studium in einem kleinen Handwerksbetrieb in Charlottenburg begonnen hatte. Mein Meister war ein gutmütiger Schwabe, der mich am ersten Tag über seine ovale Nickelbrille ansah, sich den Bart kratzte und meinte: „Jetzt schau'n mir mal als Erschtes, wie feinfühlig dass du bischt."

Er legte drei Papierbögen vor mich und sagte: „Biegeprobe, Nagelprobe, Reißprobe, aber net die Guggerle öffnen. Wenn du die Laufrichtung des Papiers hascht, gibscht Bescheid." Ich fühlte, bog und riss. Bei zwei Bögen war es einigermaßen leicht, so grob war das Papier geschöpft, bei dem dritten Bogen war es unmöglich. Im Hintergrund an der Werkbank hörte ich ihn ab und zu murmeln. Irgendwann rief er: „Und was meinscht? Vertikal, horizontal, Schmalbahn oder Breitbahn?"

Ich sagte ihm, was ich meinte, zweimal nickte er und sagte: „Korrekt, aber des dridde Bläddle hascht versaut. Des muscht feucht machen, um zu gugge, wie es wellt, so fein isch des gschöpft. Des nehme mer nu für dein erschtes Buch."

Mein erstes Buch war also ein kleines Notizheft, in das ich mir wichtige Merksätze schreiben sollte, und nachdem ich ein paar Monate dieses kleine Buch gefüllt hatte, sagte der Meister: „Sodele, und nu bringscht ein kaputtes Buch von daheim und mir mache dir des wieder schö."

Ich brachte ein mir im Sommer in den See gefallenes Paperback-Exemplar von *Wuthering Heights* und der Meister öffnete es, roch am Papier, lachte und sagte: „Die Emily Brontë isch also schwimmen gwese, na dafür nehme mir nu an seegrünen Einband, der anschtändig wasserabweisend is. Und ein Zeichenband füge mer dazu, dann kannscht das Buch beim nächschten Mal am See an an Ascht binde zur Sicherheit."

Der Meister lehrte mich, wie man an den Büchern riecht, sie spürt und fühlt, heftet und den Faden einwachst, das Papier reißt und falzt, welches Leder das richtige für den Einband ist und welches Papier sich über die Jahre nicht bewährt. Er zeigte mir, wie man den Kleister mischt und weihte mich in seine Geheimrezepte ein, er zeigte mir die Kunst der Letterpresse mit einzelnen beweglichen Lettern, wies mich an, wie ich die Lettern setzen sollte und ließ mich zur Strafe die Kästen aufräumen, er schaute mich tadelnd über seine Brille an, wenn ich den Nutzen wieder nicht richtig errechnet hatte, und rief: „Also des schneide mer aber auf keinen Fall wieda so, wie du des ausgerechnet hascht. Mit dem Verschnitt kannscht ja ein ganzes Auto einwickle und i geh bankrott."

Einmal, an einem Winterabend vor Weihnachten, erwischte ich ihn dabei, wie er kurz an einem Einband leckte. Es war eine alte Bibel, die er zum Restaurieren bekommen hatte. Ich sah, wie seine Zungenspitze hervorschnellte und ganz kurz das Leder berührte. Ich meinte damals, er habe das Buch geküsst, und schaute schnell weg. Die Szene war zu intim.

Nach meinem ersten Lehrjahr lud er mich zum Essen zu sich nach Hause ein. Seine Frau würde die „beschten" handgemachten Käsespätzle machen, und da sagte ich nicht nein.

Die Wohnung mit drei Zimmern war am Stuttgarter Platz, und kaum stand ich in dem dunklen Flur mit Bücherregalen hoch bis zur vier Meter hohen Altbaudecke und betrat die beiden Zimmer, wurde mir klar, was den Meister umtrieb: die unendliche Liebe zu den Büchern.

Die Wände der beiden Räume zeigten vor lauter Büchern kein Stück der Tapete. Noch nie außerhalb alter Bibliotheken hatte ich so viele Bücher auf engem Raum gesehen. Ich staunte. Er lächelte stolz und erzählte den ganzen Abend über seine „Buchmanie“, wie seine Frau es nannte.

Ich habe in meinem anschließenden Studium der Bibliothekswissenschaft einige Seminare zur Bibliophilie besucht, und immer wieder habe ich meinen Meister vor mir gesehen, wie er an einem Buch roch, mit dem rissigen Daumen über Seiten und Einbände fuhr oder mit dem Handballen die Ledernutzen glatt strich und wie liebevoll er das Zeichenband an den Buchblock nähte, es zwischen die Seiten legte, das Buch zuklappte und am Einband leckte.

Vom Unkraut

Wir sitzen im Wartezimmer beim Arzt in einem gesonderten Abteil. Meine Tochter braucht ein Attest, weil sie krank ist und die Bio-Klausur nicht mitschreiben kann. Durch die Scheibe sehen wir eine ältere, sehr gebeugte Frau mit einem mobilen Sauerstoffgerät. Sie wirkt schwach, sieht manchmal zu uns herüber und wir bekommen ein nahezu schlechtes Gewissen. „Was, wenn ich sie angesteckt habe, als wir an ihr vorbeigegangen sind?“, wispert meine Tochter. Ich schüttele unüberzeugt den Kopf. „So schnell geht das eher nicht, und wir tragen ja Masken.“

Meine Tochter hat Fieber, Kopf- und Gliederschmerzen und Schmerzen, wenn sie die Augen bewegt. „Ist das ein Covid-Anzeichen?“, fragte ich meinen Freund F., und der sagte: „Nein, kein typisches, mach dich nicht verrückt.“

Wir machen stattdessen einen Test, findet auch unser Hausarzt am Telefon. Ich kenne ihn schon lange. Zu den

Geburten der Kinder und zu einem anderen Testergebnis, bei dem sich mal etwas unwahrscheinlich Gutes herausstellte, schenkte er mir eine Flasche Sekt. Er erkundigt sich immer, wie „es so läuft", und er fragt es, während er den Puls misst. Manchmal fragt er etwas und dann schaut er einen so an, als habe er einen bei einer Lüge erwischt. Wahrscheinlich war es so. Ich lüge oft, wenn Leute fragen, wie es geht und wie es so läuft. Ich sage dann immer: gut. Alles sei sogar sehr gut und mir gehe es besser denn je. Ich glaube nämlich an positive Selffullfilling Prophecy, und was könnte man sonst sagen, als „alles wird irgendwie gut".

Die gebückte Frau mit der Sauerstoffflasche schaut immer noch zu uns herüber. Wir werden aufgerufen, warten auf das Attest und draußen auf den Papa des Kindes, der uns mit dem Auto abholt. Dort treffen wir auf die Frau aus dem Wartezimmer. Sie geht in Trippelschritten an einem Rollator, an dem die Sauerstoffflasche befestigt ist: „Alles Gute für Sie", sagt sie zu meiner Tochter, „dass Sie schnell wieder gesund werden. Sie sahen eben so schrecklich elend aus, das tat mir richtig leid."

Wir bedanken uns wirklich erfreut und wünschen ihr dasselbe.

„Ach", winkt sie ab und lacht mit einer rasselnden Raucherlache, „Unkraut vergeht nicht, da kann kommen, was will. Ich komm immer wieder irgendwo durch."

Und das nehme ich mir jetzt auch vor.

Beratung bei Unfällen

Ich habe es ein bisschen eilig, weil ich zu spät aus dem Büro gekommen bin, und weiß, dass ich noch schnell etwas einkaufen muss für das Mittagessen. Auf der Hauptstraße stehe ich an der roten Ampel und verwünsche die Ampelschaltung, als neben mir eine Frau einparkt. Sie hat das Fenster offen, echt laut Musik an und sich zum Einparken abgeschnallt. Plötzlich macht das Auto einen Satz nach vorn und ich sehe, wie sie mit der Stirn auf dem Lenkrad aufdotzt. Oh, Mann, denke ich, gehe erschreckt an ihr Fenster und frage: „Ist alles o.k. bei Ihnen?"

Sie guckt mich an. Ihre Brille hat einen Riss quer über einem ganzes Glas.

„Jaja, danke. Ist das Auto von meinem Freund, und mit der Kupplung stimmt was nicht."

„Ehm, Ihre Brille ist kaputt", sage ich.

Sie schaut sich im Mittelspiegel an und flucht: „Scheiße, Scheiße, Scheiße. Ich hab in zehn Minuten ein Vorstellungsgespräch, hab mir vorhin schon die Strumpfhose kaputtgerissen und jetzt auch noch das."

„Oh, nein", sage ich mitfühlend.

Die Ampel springt auf Grün, ich bringe es aber nicht übers Herz, jetzt zu gehen.

„Was mach ich denn jetzt?", ruft sie verzweifelt und sieht immer noch in den Spiegel.

„Vielleicht geht es ohne Brille?"

„Unmöglich", sagt sie. „Ich bin blind wie ein Maulwurf."

„Dann einfach sagen, wie es ist?", überlege ich. Mein Blick fällt auf die wieder rote Ampel. „Und da drüben ist Rossmann, die haben Strumpfhosen", fällt mir ein.

„O.k., das mach ich." Die Frau macht etwas konfus das Auto zu und geht mit mir über die Straße.

„Viel Glück dann", wünsche ich. „Was ist es denn für eine Stelle?"

„Unfallversicherungsberaterin", sagt sie. Und da müssen wir beide ziemlich doll lachen.

Ich hoffe, sie hat die Stelle bekommen. Ich würde sie sofort einstellen.

Frühstück mit Ohrenkneifer

Morgens beim Frühstück. Wir hören Radio, trinken Kaffee, die Kinder essen Obst und Joghurt, als plötzlich ein Ohrenkneifer über den Tisch wieselt. Wir gucken uns kurz an, als wollten wir uns vergewissern, dass die anderen ihn auch sehen, dann gucken wir wieder zu ihm hinüber. Der Ohrenkneifer steuert zielgerichtet auf meinen Laptop am Ende des Tisches zu und verschwindet in einem der USB-Anschlüsse.

Meine Tochter und ich müssen lachen.

Mein Sohn guckt mich verschlafen an und sagt mit vollem Mund: „Jetzt haste 'n bug."

Die Vor- und Nachteile von Apps

„Tja", sagt der Typ mit dem hellen Arbeitsanzug unter dem Dach vor Lidl und tritt seine Zigarette aus. „Es regnet heute den ganzen Tag."

„Ach ja", sage ich und hänge meine Taschen um, damit sie gleich alle unter den gelben Schirm passen.

„Sagt die App. So 'ne App ist ja schon 'ne gute Sache", sagt er so weiter, zündet sich eine neue Zigarette an und guckt in den Himmel. „Es gibt ja auch für alles 'ne App."

Ich will gehen, die Taschen sind schwer, aber irgendwie interessiert es mich jetzt doch. „Ja?", frage ich, „ich hab nicht so viele."

„Na, hier", sagt er, „kannst nach'm Wetter gucken, daten und gucken, wo was los ist, dann Essen bestellen oder gucken, wie man was verkocht und die Dame dazu einladen, kannst verhüten mit 'ner App und 'nen Urlaub buchen und am Ende kannste bestimmt mit 'ner App heiraten, dich wieder scheiden lassen und dich unter die Erde bringen lassen bestimmt auch bald." Er lacht rasselnd. Ich nicke.

„Verrückte Welt", sage ich und spanne schon mal den Schirm auf.

„Aber das Schlimmste ist ja das hier", sagt er und zeigt mir sein Display. „Da kannste zählen, wie viel du so rauchst am Tag, damit du weißt, was dein Körper mit dem Gift so anstellen muss. Blutdruck hoch, Herzschlag, hier siehste, alles schlimm."

„Ach", sage ich und er fährt fort: „Aber ist mir alles egal. Die können mir sagen, was sie wollen. Ich zeig es meiner Frau am Abend und gut is. Die freut sich, wenn ich nur zwei Zigaretten geraucht hab. Na und damit ist ja auf jeden Fall allen geholfen. Sie lebt beruhigter und ich zufriedener."

Ich lache. „Und die wievielte war das heute?"

„Na, die zweite", sagt er und grinst wie ein schelmischer Junge. „Was denn wohl sonst?"

Ich lache und wünsche noch einen schönen Tag. Er antwortet: „Na, mal gucken, bei dem Wetter."

Rot-Grün-Schwäche

Ich stehe mit einer Tasche voller Altglas vor den Glascontainern und sortiere die Reste unseres flüssigen und halbflüssigen Lebens der letzten Wochen in die verschiedenen Container. Öl- und Weinflaschen, ein paar Oliven-, Schokocreme- und Honiggläser. Neben mir steht ein alter Mann und sieht mir interessiert zu. Als ich eine Weinflasche aus der Tasche hole, sagt er: „Jetzt bin ich aber mal gespannt."

„Wie bitte?", frage ich.

„Na, sehen Sie, ist das nun Braun- oder Grünglas?"

Ich schaue auf die Flasche und sage: „Also die ist grün, würde ich sagen."

Er hebt die Schultern. „Ich bin da nicht so sicher. Gucken Sie mal, meine hier."

Er hält eine kleine Flasche hoch. „Ist die braun oder grün?"

„Oliv, würde ich sagen, also damit grün."

„Gut", sagt er und schubst die Flasche in die Klappe des grünen Behälters.

„Und jetzt aber der schwierigste Fall." Er bückt sich und holt eine Ölflasche hervor, die er mir triumphierend entgegenstreckt. Die Flasche ist braun-grün.

„Ja, das ist wirklich ein Grenzfall", gebe ich zu.

„Sehen Sie", sagt der Mann „und da behauptet meine Frau, das wäre eindeutig ein Braunton. Ich dagegen sage, das muss grün sein."

Ich nicke.

„Ich habe allerdings eine Rot-Grün-Schwäche", gibt der Mann zu bedenken.

„Oh", sage ich und überlege laut: „Ach, dann ist das schwierig, weil im Braun auch Rot enthalten ist?"

Er nickt. „Ich würde mir einen Aufdruck auf der Flasche wünschen. Etwa ‚Grün' oder ‚Braun'."

Ich lächle und ziehe meine Augen über der Maske zu Schlitzen, damit er es sieht. „Ich glaube, es ist nicht schlimm, wenn ein paar versehentlich in der falschen Öffnung landen."

Er lacht und wirft die Flasche in den grünen Container. „Ich werfe die hier einfach immer abwechselnd ein. Mal grün, mal braun."

Er sieht mich an und sagt: „Sie wissen dann jetzt, warum."

Museumsbesuch

Ich betrete mit meiner Tochter das Museum für Fotografie hinter dem Bahnhof Zoo. Wir haben Zeitkarten, sind aber etwas zu früh. Zwei fröhliche Mitarbeiter begrüßen uns am Eingang.

„Guten Tag", sage ich und zeige unsere Karten, „wir sind wohl etwas zu früh. Können wir trotzdem schon hinein?"

„Ach, na klaro", sagt der eine und scannt schon mal unsere Karten. „Hübsche Menschen dürfen zu jeder Zeit kommen", sagt er noch. Wir lachen.

„Ich wollte schon immer mal nachts ins Museum", sage ich.

Die Augen des anderen hinter dem Informationsschalter gucken sehr fröhlich über der Maske. „Das wär aber ein bisschen sehr früh, wir öffnen erst um elf Uhr morgens."

„Ach, schade", sage ich.

„Trotzdem viel Spaß Ihnen", wünscht der Erste und zwinkert.

Meine Tochter und ich gehen durch alle Ausstellungen, sehen uns die Werke von Sheila Metzner, Evelyn Hofer, Joel Meyerowitz und Helmut Newton an. Wir staunen über Schamhaartoupets und Helmuts gelbe Socken, die wir toll finden, und lesen seine Terminkalender. Wir stehen lange vor den wie gemalten Bildern von Metzner, dem Meyerowitz-Foto von einem Jungen mit Fisch im Nacken oder der Frau mit den Sommersprossen, die sich wie Konfetti auf ihrem Körper verteilen. Am Ende wollen wir in den Museumsshop. Ich stöbere draußen an den Postkarten und höre die beiden Mitarbeiter am Eingang lachen.

„Udo Jürgens hatte 'ne Weihnachtsplatte?“, lacht der Mann am Kassenschalter.

„Zeigen sie mal her.“ Ein Museumsbesucher reicht ihm den Stapel Schallplatten und sagt: „Hatte nicht jeder von denen irgendwann eine Weihnachtsplatte? Tatsächlich hab ich die eben am Straßenrand gefunden. Eros Ramazzotti ist auch dabei. Wollen Sie eine?“

„Schönen Dank“, sagt der Mitarbeiter und reicht ihm die Platten zurück. „Aber für Weihnachten ist es nun wirklich noch zu früh.“

Kakaobeschuldigung

Ich stehe in einem „fremden“ Supermarkt und finde alles unlogisch. Zum Beispiel finde ich den Ketchup nicht bei den Saucen und Reisnudeln nicht beim Reis oder bei den Nudeln. Ich sehe mich nach jemandem um, den ich fragen könnte, und packe derweil Schokolade in meinen Einkaufskorb – wo ich schon mal hier bin. Neben mir steht eine Frau, die sich auch für Schokolade interessiert. Sie liest die Zutatenliste und ich überlege, ob sie weiß, wo der Ketchup steht, entscheide mich aber dagegen. Sie sieht eher nach Tofu-Ortung aus. Ein Mitarbeiter kommt auf uns zu und ruft: „Entschuldigung, aber Sie wurden gesehen, wie Sie den Kakao getrunken haben und ihn wieder ins Regal stellten.“

Die Frau guckt ihn an und dann mich. Ich glaube, uns ist beiden nicht klar, wen er meint. Ich sage: „Ich hasse Kakao."

„Reden Sie mit mir?", fragt sie.

„Genau, mit Ihnen", sagt der Mitarbeiter und zeigt mit dem Finger auf die Frau. „Eine Frau mit blauer Jacke und schwarzer Hose, wurde gesagt." Ich gucke an mir herunter. Blaue Jacke, schwarze Strumpfhose. Die Frau trägt einen blauen Poncho und eine schwarze Hose.

„Sie wurden gesehen", sagt der Mitarbeiter bestimmt. „Bitte kommen Sie mit."

„Hallo?", ruft die Frau, „ich war noch nicht mal in der Nähe des Kakaos. Wo steht der überhaupt?"

Der Mitarbeiter guckt mich an und ich sage: „Ich trinke nie Kakao."

„Folgen Sie mir bitte. Sie müssen den Kakao bezahlen."

Die Frau lacht einfach bloß und geht um die Ecke. Der Mann folgt ihr.

„Wo soll der denn bitte stehen, der Kakao?", höre ich noch.

Besser, ich gehe, denke ich. Bei meinem Glück muss ich sonst am Ende noch den Kakao bezahlen.

An der Kasse vor mir steht eine alte Frau. Sie kaut hinter ihrer Maske. Auf einmal ruft sie ganz laut: „Der da mit der grünen Jacke hat ein Brötchen angebissen."

Und plötzlich ist mir alles klar.

First Dates

Gestern Abend fahre ich im M29er von der Sonnenallee bis zum Anhalter Bahnhof. Ich sitze oben vorn in der zweiten Reihe, vor mir zwei Jungs, die stumm in ihre Handys schauen. Als sie an der nächsten Haltestelle aussteigen, überlege ich kurz, ob ich mich umsetze. Ich habe immer noch schöne Kindheitserinnerungen daran, oben im Doppeldecker direkt hinter der großen Scheibe zu sitzen, sich zu ducken, sobald die Äste der Bäume die Scheibe peitschten, und mich bei jeder Bremsung an die Stange klammern zu müssen. Wenn der Busfahrer hupte, hatten meine Brüder es natürlich kommen sehen, während ich das Kinn auf die Stange legte und die Welt von oben beobachtete. Wie ich noch so überlege, kommt ein Paar den Gang entlang und lässt sich auf die Plätze vor mir fallen.

„Wie toll", sagt sie und der Puschel an ihrer roten Mütze wippt. „Wir haben den besten Platz."

„Und den besten Glühwein", sagt er. Er trägt einen Schal bis zu den Augen.

Sie kichert. Er holt eine Thermoskanne aus dem Rucksack und reicht ihr einen Pappbecher: „Ich habe dir einen Becher mitgebracht."

„Danke", sagt sie und zuppelt an der Maske. Er schenkt erst ihr ein, dann sich selbst. Sie stoßen an. „Auf dieses etwas andere Date", sagt er.

Sie lacht. „War aber echt eine gute Idee mit der Busfahrt. Ich war schon steif gefroren. Hier, fühl mal meine Finger."

Er fühlt die Finger ihrer Hand. Sie entzieht ihre Hand wieder und umklammert den Becher mit beiden Händen. „Schön warm", sagt sie und fügt hinzu: „Wie weit fahren wir jetzt eigentlich?"

Er zuckt mit den Schultern: „Bis zur Endhaltestelle vielleicht?"

„Und wo ist die?"

„Wittenbergplatz. Keine Ahnung wo das ist, bin ja erst seit vier Wochen in der Stadt." Er lacht. „Aber wir fahren mit dem Bus einfach wieder zurück, dann verirren wir uns nicht."

Was übers Leben

Ich sitze mit Maske am Tresen bei einem Handydoktor in Steglitz und warte darauf, dass mein altes Handy einen neuen Akku bekommt. Während ich warte, will ich zweimal meinem Impuls folgen, mein Handy aus der Tasche zu ziehen und durch die sozialen Netzwerke zu scrollen, um die Wartezeit zu überbrücken. Geht ja gar nicht, stelle ich genau zweimal fest. Das Handy ist ja gerade in Behandlung.

Ich sitze aber gern hier. Es ist warm, die drei Doktoren hinterm Tresen sind ziemlich lustig und schnell in ihren Analysen, arbeiten und suchen mit Pinzetten winzige Teilchen, während sie mich unterhalten. Andauernd kommt einer rein und erzählt eine Geschichte über sein Handy. Die Geschichten passen zu den Besitzern.

Einer, der auffallend müde und etwas träge aus der Wäsche guckt, sagt: „Also meins geht immer aus und fährt nicht mehr hoch."

Der Oberarzt zieht eine Augenbraue hoch und sagt: „Gesäßtaschenträger, wie?"

Der Junge fühlt sich ertappt. „Na ja, kann schon mal passieren."

„Krumm wie 'ne Banane. Da hat sich echt alles verzogen", zeigt der Oberarzt und schüttelt bedenklich den Kopf. „Ist genauso, als würdest du immer nur auf dem Sofa chillen. Wirste auch krumm."

Der Junge guckt betroffen. Ein anderer steht verwirrt im Laden herum.

„Wie kann ich Ihnen helfen?“, fragt der jüngste Doktor.

„Also, mein Handy fuhr runter und nicht wieder hoch, hab es vierundzwanzig Stunden geladen, aber es geht nicht mehr.“

Er reicht das Handy herüber, auf dem sich das Display in die Höhe hebt.

„Du magst dein Leben nicht, ne?“, sagt der jüngste Doktor.

Stille, alle gucken ihn an. Der Oberarzt übersetzt: „Was er meint ist, der Akku ist gequollen, das sieht man schon von hier aus, und wenn du das dann ewig lädst, ist das gefährlich.“

„Wie?“, fragt der Typ.

„Na, es fliegt dir um die Ohren.“

Der dritte Doktor, der wahrscheinlich der Chefarzt ist, schaltet sich ein: „Bist so ’n Fauler, ne? Lädst es immer über Nacht?“

„Hm, schon“, sagt der junge Typ.

„Davon kriegste den Akku ganz sicher kaputt. Nie länger dranhängen, als du musst, am besten nur am Tag.“

„Ach“, sage ich, „das wusste ich auch nicht.“

„Ja, hier lernste was fürs Leben“, sagt der Chef und lacht.

Neben mir steht inzwischen einer in grüner Barbourjacke, über die ich dachte, sie sind seit den frühen 2000ern ausgestorben. Das Telefon klingelt. Der jüngste Doktor geht ran und sagt: „Wie? Ja, da müssen Se sich an Apple TV wenden. Nee, da kann ich nix machen. Ein Probeabo müssen Se bei denen kündigen, nicht bei uns.“

Die Barbourjacke und ich müssen lachen.

Der junge Doktor legt auf und sagt: „Also das war wieder’n Anruf für ’ne Reality Show. So wie letztens. Da stand einer vorm Regal im Kaufhaus, ruft uns an und sagt:

‚Können Sie mir sagen, welche Handyhülle ich kaufen muss?'"

Wir lachen wieder. „Ist echt wahr und im Lockdown ist es noch schlimmer geworden", meint der Chefarzt jetzt, „was da für Fragen kommen, da brummt mir am Abend so der Kopf, dass ich nicht mehr weiß, wie meine eigene Frau heißt."

Er grinst: „Hab's mir zum Glück auf den Arm tätowiert." Er hält seinen linken Unterarm hoch und zeigt einen geschwungenen Schriftzug.

Ich grinse: „Super Spickzettel."

Er nickt: „Stimmt. Und wenn ich älter werde, kommt noch mehr dazu: Geburtstage, Hochzeitstage, wenn ich dement werde noch die Adresse und wie ich heiße."

Alle lachen. Die Barbourjacke sagt: „Hätte gedacht, die Reihenfolge ist genau andersherum, erst die Namen und Geburtstage der Kinder und dann ganz am Ende erst der Name der endgültigen Frau."

Ich sehe ihn von der Seite an und der Chefarzt sagt: „Kannste mal sehen. Das ist eben der technische Unterschied zwischen uns beiden."

Wenn es kalt wird

In der S-Bahn setzt sich mir gegenüber eine alte Frau mit einem Einkaufstrolley und zwei großen Taschen in den Dreiersitz. Sie ist dick angezogen, trägt unter einem offenen Mantel noch eine Winterjacke, ein Stirnband über ihren grauen, langen Haaren und darüber eine Mütze. Ihre Handschuhe sind an den Fingerkuppen abgeschnitten. Sie reibt die Hände aneinander, pustet in ihre Maske hinein und guckt mich an: „Es ist so kalt geworden." Ich nicke.

Sie kramt jetzt in einer Tasche und fördert eine etwas lädierte Brille an einer Lesekette hervor, setzt sie sich auf die Nase und nimmt zwei Kleidungsstücke aus der Tasche. Das eine ist eine lilafarbene Strickjacke. Sie faltet die Strickjacke auseinander und hält sie eine Armlänge vor sich, begutachtet sie, prüft die Knöpfe, sucht nach dem Waschzettel und studiert ihn eingehend. Die Art, wie sie auf den Waschzettel sieht, erinnert mich an meine Großmutter. Jetzt legt sie die Strickjacke wieder ordentlich zusammen und packt diese in die Tasche zurück. Der Pullover auf ihrem Schoß ist hell und aus Mohair. Viele feine Härchen stehen von der Wolle ab.

Sie lacht mich an, streckt mir den Pulli entgegen: „Fühlen Sie mal."

Ich fühle mit den Fingerspitzen und sage: „Ganz weich."

Sie nickt. „Der hält bestimmt warm." Sie fährt mit den Fingern darüber: „Die Sachen wollte niemand mehr haben und ich konnte mir das alles aussuchen."

Sie zeigt auf ihre Taschen, steht auf und zeigt mir die Jacke, die sie unter dem zu großen Mantel trägt. „Gucken Sie, sogar diese Jacke. Ist doch doll, was?"

Ich nicke. „Sehr schöne Sachen."

„Ja", sagt die Frau. „Seit Corona bekommt man viel bessere Sachen. Die Leute sortieren alles aus. Und ich habe dann das Glück."

Sie lächelt wieder und hinter ihrer Brille sind die Augen groß.

Von Lerchen und Nachteulen

Seit dem November-Lockdown sind meine Tage länger geworden. Ich stehe nämlich seit Neuestem früh auf.

Wahrscheinlich einfach deshalb, weil ich auch früh ins Bett gehe. Neulich bin ich gegen ein Uhr nachts aus meinem dreistündigen Schlaf erwacht, weil ich von Wasserfällen träumte, die mir in den Mund fielen. Ich stand auf, lief in die Küche und trank dort ein Glas Wasser am Hoffenster. Der Hof war stockdunkel. Kein Licht schien hinter den beiden üblicherweise erleuchteten Fenstern rechts oben im vierten und links unten im zweiten Stock. Interessant, dachte ich. Offenbar gehen viele Nachteulen jetzt früher schlafen.

Man muss dazu sagen, dass ich bis auf eben diese zwei Ausnahmen in einer Gegend von Frühaufstehenden lebe. Das fiel mir schon oft mit einem seltsam schlechten Gewissen auf, denn arbeite ich normalerweise gern bis drei Uhr nachts und schlafe etwa bis neun Uhr morgens, erwacht das Leben um mich herum gegen halb sechs. Ab dann laufen in den Bädern die Radios und Duschen, Wasserkessel brodeln in den Küchen und blaue Fernsehlichter flackern aus den Wohnzimmern. Man hört Leute aus ihren geöffneten Fenstern husten oder sieht sie auf den Balkonen rauchen. Etwas später werden vorn an der Straße erste Parklücken frei und ab halb sieben bilden sich Schlangen im Backshop und auf den Wegen zur U- und S-Bahn.

Als meine Nachbarin Olga und ich im Sommer mal früh, weil spät nach Hause kamen und sie meinem Blick zu einem der blau zuckenden Fenster folgte, sagte sie: „Frühstücksfernsehen. So beginnen manche Menschen ihren Tag.“

„Bin wohl eher der Typ für die Nachtsendungen“, antwortete ich, denn ehrlich gesagt hatte ich bis dahin noch nicht einmal gewusst, dass etwas wie Frühstücksfernsehen existiert.

Ein anderer Tag-und-Nacht-Rhythmus um mich herum sorgte bei mir bisher für das Gefühl, mich manchmal ungefragt erklären zu müssen, um nicht wie ein Faulpelz zu wirken.

„Ich arbeite nachts“, rief ich einer Nachbarin etwas schrill entgegen, die netterweise, obwohl sie krank war, vor zehn Uhr ein Paket für mich angenommen hatte.

„Schichtdienst?“, fragte sie und ich sagte verlegen: „Nein, also ich bin Freiberuflerin.“

„Ach“, nickte sie, aber man sah ihr an, dass sie nicht verstand, warum man deswegen am helllichten Tag noch im Bett lag.

Unangenehm wurde es auch an dem Morgen, als vor unserem Haus ein Wasserrohr platzte und die freundlichen Männer der Berliner Wasserbetriebe gegen halb neun bei mir klingelten. Das heißt, sie klingelten überall, aber um diese Zeit waren ja bereits alle außer Haus. Nur ich lag noch im Bett. Als ich schließlich verschlafen meine Tür öffnete, rief der Mann von den Wasserbetrieben: „Krank, noch jeschlafen oder wat?“

Ich krächzte der Einfachheit halber: „Krank.“

Er nickte. „Jute Besserung, schlafen se sich jesund.“

Ich lächelte peinlich berührt.

Seitdem ich nun jeden Morgen gegen sechs Uhr von ganz allein wach werde und es im Bett nicht mehr aushalte, gestaltet sich mein Tag anders. Alles erscheint mir so viel produktiver. Manchmal sehe ich auf die Uhr, nachdem ich gefühlt schon ein ganzes Tagesprogramm absolviert habe, und stelle erstaunt fest, dass es erst elf ist.

„Verrückt, das Gefühl, seit dem Lockdown so viel mehr vom Tag zu haben, zumal die Tage zurzeit ja winterlich geschrumpft scheinen“, sage ich zu meiner Nachbarin Olga und füge triumphierend hinzu: „Rein theoretisch könnte ich jetzt sogar Frühstücksfernsehen gucken.“

Olga sieht mich an und grinst: „Ich glaub, das alles hat rein gar nichts mit dem Lockdown zu tun. Bald machst du noch ein Mittagsschläfchen und dann ist klar, dass es sich um Alters-Bettflucht handelt.“

Wurst und Glühwein

Gestern Abend wartet neben mir an der Bushaltestelle ein Pärchen. Die Frau in einer schwarzen Winterjacke mit Pelzrand steht mit verschränkten Armen da und starrt in die Ferne, der Mann trägt eine Weihnachtsmannmütze und redet schwankend auf sie ein.

„Jetzt verbieten se den Glühwein. Und die Würstchen. Aber es jibt doch nix Schöneres als ’ne richtich jute Wurst. Wolln wa ma ehrlich sein“, sagt er mit schwerer Zunge.

Die Frau guckt sich kurz um und sieht ihn dann genervt an.

„Halt die Klappe und mach den Kopp zu. Du hattest von allem jenuch.“

Er überlegt kurz und sagt dann: „Jetzt wollen se mir auch noch das Reden verbieten. Kieken darf ick ja schon seit Jahren nich mehr.“ Er guckt mich an. „Kieken steht unter schwerer Strafe“, ruft er mir zu. „Und jetzt schließen se mich ooch noch ein mit der. Ick frach mich, womit ick dit vadient habe.“ Er seufzt.

Die Frau hinter ihrer Maske: „Ick frach ma dit jeden Tach.“

Der Bus kommt, ich steige hinter den beiden ein.

Auf der Treppe höre ich von unten noch mal ganz kläglich: „Wolln wa ma ehrlich sein, so 'ne richtich schöne Wurst ... "

Pizza als Weltanschauung

Ich bin mal wieder zu faul zum Kochen. Da wir ja aber glücklicherweise diese wirklich sehr gute Pizzeria um die Ecke haben, fällt es fast gar nicht auf. Wir bestellen einfach dreimal die beste Pizza der Welt und noch einmal Pasta extra für meinen Sohn. Kurz danach klingelt es.

„Ciao", grüßt Mario, der nette Lieferbote.

Wir kennen uns schon. Mario hat Dreadlocks und immer dieselbe Jeans an, wie uns mal auffiel. Eine blaue Jeans mit einem Reggae-Flicken an der rechten Seite unterhalb der Tasche. Egal, wer bei uns an die Tür geht, jeder sagt hinterher: „Er hat wieder die Jeans an." Wir haben uns schon mal gefragt, ob er nur eine hat, so wie ich damals in England. Da hatte ich nur zwei Hosen mit und eine zerriss mir ziemlich schnell zu Beginn meines Aufenthalts. Geld für eine neue hatte ich erst mal nicht, also musste ich jeden Sonntag zu Hause bleiben, da die Jeans gewaschen und auf der Heizung getrocknet wurde. Vielleicht geht es Mario ebenso, überlegen wir. Ich gebe also mehr Trinkgeld und Mario teilt mit uns seine lustigen Weltanschauungen.

Dieses Mal zum Beispiel sagt er zu meinem Sohn: „Isst du den Pizzarand mit?"

Mein Sohn nickt. „Sehr gut", findet Mario: „Du gehst aufs Ganze. Man braucht den Biss im Leben."

„Und was ist, wenn man am liebsten nur den Rand mag?", ruft meine Tochter von hinten. Da grinst Mario, verbeugt sich und sagt: „Vor diesen Frauen habe ich Hochachtung. Aber auch sehr große Angst!“

Silvester im Böllerverbot

Ich steh vor dem Bahnhof und warte, als direkt neben mir ein Böller explodiert. Ich erschrecke mich so sehr, dass bei mir kurz einmal alles aussetzt.

„Ey, wohl verrückt geworden?“, brülle ich in Richtung des Autos, hinter dem sich zwei verstecken. Ich kann wirklich laut brüllen, stelle ich mal wieder fest. In den leeren Straßen hinter dem Bahnhof ist meine Stimme sogar noch lauter. Ich brülle noch ein bisschen weiter und zetere dann wie eine Oma: „Überhaupt ist das doch verboten in diesem Jahr!“

Die zwei Jungs rennen in Deckung der Autos weiter und einer ruft mit kleiner Stimme: „Die Alten darf man böllern.“

Und ich steh so da und überlege, ob er mit „die Alten“ mich meint.

Was man vermisst

Samstagvormittag im neuen Jahr und die Kassenschlange in der Drogerie ist extrem lang. Es wurde schon zweimal nach einer Kassiererin gerufen, die aber nicht kommt. Die Leute werden unruhig.

Ein Mann ruft von hinten: „Also, wenn sich der Virus gewollt verbreitet, dann hier bei Ihnen in der Schlange.“

Die Kassiererin ruft genervt zurück: „Wenn Sie die Abstände einhalten, sicher nicht.“

So viel zur Stimmung am Samstagvormittag.

Vor mir stehen zwei Mädchen, vielleicht dreizehn Jahre alt, beide haben lange, glatte Haare, die eine blond, die andere hellbraun. Sie tragen Winterjacken mit Fellkragen, haben falsche Wimpern und die gleichen Kosmetikutensilien in ihren Körben.

„Ich kann nicht mehr“, sagt die Braunhaarige. „Wenn man mal schön shoppen gehen will, ist die Stimmung voll mies. Zieht mich echt runter.“

Die Blonde nickt und sagt: „Aber so was von. Man kann nix mehr machen. Ich kann schon nix mehr gucken. Gestern meinte meine Ma, ob wir was gucken wollen, und ich so: ‚Nee, geh weg.‘“

Die andere: „Voll, oder? Und sonst geht nur Spazierengehen. Wie ’ne Omi.“

„Wie ’ne Omi?“, wiederholt die Blonde.

„Na, weil man immer wie ’ne Omi so creepy in der Gegend rumgeht.“

„Ach so“, sagt die Blonde.

Kurze Pause, dann sagt die Braunhaarige unsicher, so als würde sie etwas vollkommen Verrücktes von sich geben:

„Wenn es so weitergeht, vermisst man schon fast die Schule.“

„Ih“, quiekt die Blonde: „Bist du dumm oder was?“

„Aber weißt du? Ich vermiss die Pausen voll“, sagt die Blonde da.

„Und das Essen beim Bäcker.“ Beide quietschen laut.

„Ey, Kacke. Ich schwör, ich vermiss die Schule schon“, sagt die Blonde dann.

„Ich auch“, sagt die Braunhaarige. „Extrem.“

Die beiden sind still, sehen sich an und kreischen so los, dass eine ältere Frau vor ihnen zusammenfährt. Die Blonde entschuldigt sich.

Dann sagt die Braunhaarige außer Atem: „Wir sind so dumm, Alter, vermissen die Schule.“

Frauen auf Friedhöfen I

In letzter Zeit dehne ich meine Spaziergänge gern noch etwas weiter aus und bin dabei auch auf die umliegenden Friedhöfe gekommen. Auf einigen fühle ich mich inzwischen nahezu heimisch. Manchmal begleitet mich meine Tochter und mittlerweile kennen wir die Wege, die Plätze mit den Ehrengräbern und wissen inzwischen, wer da liegt und was sie zu Ehren kommen ließ. Meistens sind es bekannte Männer, wie die Brüder Grimm oder der Mediziner Rudolf Virchow, Verleger wie Bock oder der Bildhauer Drake und der Archäologe Curtius, deren Namen wir schon mal gehört haben. Selten finden wir auch ein Frauen-Ehrengrab. Es sind insgesamt drei auf dem Alten St.-Matthäus-Kirchhof, nämlich die von Minna Cauer, Hilde Radusch und Hedwig Dohm. Alle drei Feministinnen und Frauenrechtlerinnen, wie wir herausfinden, denn ihre Namen sagten uns leider nichts. Auf einer Bank in der Nähe lesen wir auf dem Handy, dass Hedwig Dohm 1831 als eines von achtzehn Kindern geboren wurde und es schaffte, Lehrerin zu werden, obwohl sie im Gegensatz zu den Brüdern nicht aufs Gymnasium gehen durfte. Sie selbst bekam fünf Kinder, schrieb zahlreiche feministische Bücher, in denen sie die völlige rechtliche, soziale und ökonomische Gleichberechtigung von Frauen und Männern, also auch das Stimmrecht für Frauen, als eine der Ersten in Deutschland forderte – was der bürgerlichen Frauenbewegung insgesamt viel zu radikal erschien. Sie schrieb Theaterstücke, Romane, veröffentlichte politische Texte in

Zeitungen und Zeitschriften und trat Minna Cauers radikalem Verein „Frauenwohl“ bei.

Minna Cauer, 1841 geboren, war unermüdliche Kämpferin für das uneingeschränkte Frauenwahlrecht, engagierte sich in Bertha von Suttners „Friedensgesellschaft“, war Gründerin und Herausgeberin der Zeitschrift *Die Frauenbewegung* sowie Gründerin des Verbandes der weiblichen Angestellten. Auch Minna Cauers Namen haben wir noch nie zuvor gehört, stellen wir fest, dabei war sie eine herausragende Politikerin. Über Hilde Radusch erfahren wir, dass sie 1903 geboren und 1994 gestorben ist und eine antifaschistische Widerstandskämpferin, kommunistische Politikerin und Frauenrechtlerin war. Außerdem vielleicht eine der ersten lesbischen Aktivistinnen Deutschlands. Sie überlebte als Kommunistin mit ihrer Freundin nur mit viel Glück und halb verhungert den Naziterror, indem sie sich bei Berlin in einer Laube versteckte.

All das erfahren wir auf dieser Bank. Als wir weiterlaufen, überlegen wir, wie es gewesen sein muss damals, wie man überlebte, wie man lebte. Wie das Leben war in den Küchen, den Stuben, in den Salons, auf der Straße, in den Kneipen. Wie es war, Kinder zu verlieren an Diphtherie und Tuberkulose oder an den Hunger oder die willkürliche Gewalt von wem auch immer. Wie viel mehr Mut erforderte es, als Frau in einer gesellschaftlichen Position ohne Rücksicht auf eigene Verluste etwas damals vollkommen Abwegiges zu fordern wie das Frauenwahlrecht oder sich für die Rechte von Arbeiterfrauen starkzumachen? Wie viel schwerer als wir es jede dieser mutigen Frauen hatte. Wir überlegen, wie Hedwig Dohms Mutter es damals überhaupt schaffen konnte, achtzehn Kinder auf die Welt zu bringen, wo ich ohne medizinische Hilfe noch nicht mal ein Kind zur Welt gebracht hätte, weil ich einfach gestorben wäre. Wir sind dankbar, wie unermüdlich, solidarisch und nachhaltig diese Frauen für die Sache kämpften, und finden es unfair, dass ihre Namen nicht mindestens so bekannt sind wie der des Milchverkäufers Bolle, an dessen Grab wir gerade vorbeilaufen. Und wir nehmen uns vor, uns ihre Namen zu merken. Dohm, Cauer und Radusch.

Innig mit Obama

Meine Kinder und ich suchen seit letzter Woche persönliche Beweise für das Kleine-Welt-Phänomen. Diese soziologische Besonderheit besagt eigentlich bloß, dass die Welt eben klein ist, wie der Name schon sagt, oder etwas umständlicher, dass jeder Mensch auf der Welt mit einem anderen über eine kurze Kette von persönlichen Beziehungen verbunden ist. Die Kette beläuft sich meist auf 5,5 Personen, aufgerundet 6, wie eine Studie von Stanley Milgram nachwies.

„Durch wen könnten wir mit Snoop Dogg verbunden sein?“, überlegt mein Sohn und meine Tochter meint: „Nehmen wir lieber Obama. Ist gefühlt noch absurder.“

Seit Tagen überlegen wir also erfolglos, wie wir mit Barack Obama verbunden sein könnten.

Heute Morgen schickt mir ein Freund ein Foto, auf dem man sieht, wie Nancy Pelosi das Trump-Impeachment unterzeichnet. Dazu schreibt er: „Did you know that I went to school with Nancy Pelosi's nephew?“

Das ist er, denke ich. Unser erster Beweis dafür, dass wir um ein paar Ecken mit Obama bekannt sind.

Als ich am Nachmittag mit einer Freundin telefoniere, fällt der Name eines gemeinsamen Bekannten. Plötzlich erinnere ich mich, dass dieser vor ein paar Jahren mal auf einer Party erwähnte, er sei sehr entfernt mit Ursula von der Leyen verwandt und treffe diese schon mal auf großen Familienfesten. Vor meinem inneren Auge taucht ein Bild mit Merkel und von der Leyen auf und direkt danach eins mit Merkel und Obama.

„Großartig, das ist der zweite Beweis“, sage ich zu meinen Kindern beim Abendessen. Meinem Sohn fällt auf, dass wir in beiden Fällen nur durch vier andere Menschen mit Obama verbunden sind statt dem üblichen Durchschnitt von sechs Personen. „Sind also richtig eng mit Obama“, findet er.

Wir haben uns daraufhin jetzt den Papst vorgenommen und nehmen sachdienliche Hinweise gern entgegen.

Frauen auf Friedhöfen II

Ich bin schon wieder auf dem Friedhof und ziehe dort meine Runden. Meist sehe ich kaum auf, ich schlage die Wege zufällig ein und manchmal fällt mir auf, dass ich hier und da schon einmal entlanggekommen bin. Als ich zum zweiten Mal eine Bank passiere, auf der eine blonde Frau sitzt, grüßt diese mich und mir fällt ein, dass ich sie hier schon häufiger gesehen habe. Bisher nickten wir uns nur ab und an zu. Immer sitzt sie auf derselben Bank gegenüber einer Grabstelle mit Kerzen und verwelkten Kränzen. Der Stein ist schlicht gehalten, mit einem männlichen Vornamen in geschwungener Schrift. „Gegangen im November 2020“, steht darunter. Kein Geburtsdatum, kein Nachname.

Die Frau sitzt auf der Bank und raucht eine Zigarette nach der anderen. Wieder hat sie eine Thermoskanne neben sich stehen und hält einen Becher in der anderen Hand.

Heute sagt sie: „Ich soll nich allein trinken, hat er gesagt."

Sie zeigt auf den Stein.

„Mein Beileid", sage ich.

Sie zieht an der Zigarette. Ich wünsche noch einen schönen Tag.

Sie hört mich nicht.

Leben am Existenzmaximum

In der S-Bahn unterhalten sich zwei Männer, beide etwa Mitte zwanzig, in weißen Maureranzügen. Der eine ist ganz lang und dünn und trägt eine Maske, auf der Freiwillige Feuerwehr steht. Der andere ist irgendwie fertig. Man sieht es ihm an. Die Tränensäcke unter den Augen sind dick, seine Haltung ist schlecht und er wirkt erschöpft.

„Ich weiß nicht, aber wenn das so weitergeht, halt ich das alles nicht mehr lang durch. Ich leb schon am Existenzmaximum."

Der von der Feuerwehr guckt, als sei alles ganz normal, und fragt nur: „Wieso, was machst du denn?"

„Ich krieg nichts hin, kann nachts nicht mehr schlafen, also gucke ich was bis vier, rauche dazu ein bisschen, dann schlaf ich zwei Stunden und muss mit dem Hund raus. Dann Arbeit. Abends wieder Hund und streamen. Ich bin fertig, Alter. Fertig."

„Hör mal auf zu rauchen", sagt der Feuerwehrmann. „Das zieht einen runter."

„Nee", sagt der andere. „Ist die Arbeit, auf jeden Fall. Wenn ich aber denke, wie die ganzen Büropupser rumheulen, weil sie im Homeoffice sitzen müssen, da können wir noch Mitleid haben."

Der Feuerwehrmann lacht und guckt mich an. Ich überlege, ob ich schon von Weitem nach Büropupserin aussehe, und vermute: ja.

Ich sage also: „So wie ich oder was?"

„Tschuldigung", sagt der am Existenzmaximum. „Ihr heult rum und ich heul genauso rum, aber im Homeoffice würd ich gar nicht mehr aufstehen." Er lacht. „Schön vom Bett aus alles machen, wa?"

Der Feuerwehrmann guckt mich gespannt an.

„Geht so", sage ich vage.

„Nix für ungut", sagt der am Existenzmaximum und dann erst mal nichts mehr. Ich stehe bald auf und unsere Blicke fallen gleichzeitig auf meine ausgebeulte Jogginghose, die auch eine Schlafanzughose sein könnte, wie mir gerade auffällt.

„Gute Nacht", sagt der Feuerwehrmann.

Und ich muss kichern und sage: „Euch auch."

Nachbarschaftshilfe

Vor den Einkaufswagen hat sich eine Schlange gebildet und dort treffen sich zwei Frauen. Die eine, in gebeugter Haltung, ist schon etwas älter und mit einem Trolley unterwegs, die andere ist jünger, trägt eine Allzweckjacke, sieht sportlich und irgendwie patent aus. Wie eine Fußballtrainerin oder so.

„Frau K., Sie sind aber zu leicht angezogen", sagt die patente Frau und schaut besorgt auf das dünne Mäntelchen der anderen.

„Ach", sagt die alte Dame, „mich kann nichts mehr schocken."

„Na ja, aber erkälten können Sie sich trotzdem und das ist zurzeit gar nicht gut."

„Da haben Sie recht, wo doch die Krankenhäuser schon so voll sind."

„Eben", nickt die andere.

„Ich gehe kaum noch aus dem Haus, aber wissen Sie, donnerstags gibt es hier doch immer die Angebote und das macht mir Spaß, da zu gucken."

„Ich bin heute auch wegen der Lampen für den Kleiderschrank da", sagt die Patente.

„Sehen Sie. Aber jetzt wollen die ja Einkaufszeiten für uns Alte bestimmen. Na, dann kann ich montags und donnerstags vormittags vielleicht nicht mehr einkaufen gehen und alle Angebote sind schon weg. So schnell kann man ja manchmal nicht gucken, wie die weg sind."

„Verstehe", nickt die Patente. „Wenn es hilft, kann ich Ihnen vielleicht auch mal was mitbringen."

„Ach, das würden Sie wirklich für mich tun?", sagt die alte Dame und fast steigen Tränen in ihre Augen.

Die Patente ist kurz irritiert, dann sagt sie: „Aber natürlich. Ich gebe Ihnen jetzt mal meine Telefonnummer und dann rufen Sie mich an, wenn Sie etwas brauchen oder mal nicht aus dem Haus wollen."

Ich bekomme meinen Wagen und die Patente schreibt ihre Nummer auf einen Zettel. Mich rührt das ebenso wie die alte Dame.

Lehrer und Passworträtsel

Ich komme auf den S-Bahnhof und stelle fest, dass mein Zug ausfällt und die nächste Bahn erst in elf Minuten einfährt. Na gut, denke ich und stelle mich in weitem Abstand neben zwei Männer in praktischen Jacken.

„Digital my ass", sagt der eine und stöhnt. „Das ist doch

alles ein Witz. Ich meine, wie sollen wir denn so mit den Schülern anständig arbeiten? Teilweise sehe ich niemanden in einer Online-Sitzung mit zwanzig in meinem Kurs, weil alle ihren Bildschirm ausstellen. Überall schwarze Löcher. Weiß ich, ob die überhaupt noch im Raum sitzen oder alle wegpennen? Geschweige denn, dass ich mal irgendeine Resonanz bekomme. Ich unterrichte in ein schwarzes Off."

Der andere nickt und sagt: „Ja, das und was mich am meisten nervt, ist das Passwortraten."

„Oh, hör mir bloß auf", sagt der Erste. „Ganz schlimm. Ich schreib mir alle auf einen Zettel und krieg es doch nicht hin."

„Ja, nee, aber habt ihr das auch mit den Passwörtern, die als Rätsel verschlüsselt sind?"

Der Erste guckt fragend.

„Also wir haben aus Datenschutzgründen verschlüsselte, in Rätseln aufgelöste Passwörter. Heißt, da schreibt also eine Kollegin: Mein Passwort setzt sich zusammen aus meinen Initialen, der Nummer des Konferenzraumes, Stockwerk der Aula plus Postleitzahl der Schule ohne die Null."

Der andere lacht. Ich muss auch grinsen unter meiner Maske.

„Ich kriege Zustände, denn wenn man wie ich als Quereinsteiger noch nie im Schulgebäude war, muss man also dafür jedes Mal eine Extramail schreiben und nachfragen."

Der Erste gackert.

„Aber es kam noch besser. Bei der Chemie-Kollegin stand: Oxidationszahl von Fluor plus Summenformel von Salpetersäure plus die von Wasser. Da musste ich also quasi erst mal recherchieren, um das zu lösen."

Der Erste sagt: „Das gibt es echt nicht."

„Aber ich habe mich jetzt gerächt“, sagt der andere. „Mein Passworträtsel lautet: Spitzname von Friedrich II., Jahreszahl Beginn des Dreißigjährigen Krieges plus Datum Versailler Vertrag.“

Schlaflos in Berlin

Ich lese in einem Artikel, dass halb Berlin schlaflos sei seit dem Lockdown. Betroffene litten vermehrt unter Einschlaf- und Durchschlafstörungen, wachten zu früh auf und könnten nicht mehr einschlafen. Gründe hierfür wurden als diffuse Angst, innere Unruhe, Grübeln und Zukunftssorgen beschrieben. Experten sehen die Ursachen in der allgemeinen Lage der Pandemie, den mit dem Lockdown verbundenen veränderten Ess- und Lebensgewohnheiten und nicht zuletzt im verstärkten Bewegungsmangel.

Ja, denke ich. Bisher bin ich solchen Schlafproblemen noch entgangen, aber ich stelle fest, dass ich viel mehr als ohnehin schon auf meinem Platz am Schreibtisch sitze. Jetzt sitze ich auch noch abends vor der Kiste, anstatt mich mit Freund*innen zu treffen, Sport zu machen, oder sei es nur, ins Kino zu laufen. Ich bemühe mich also um mehr Bewegung und baue Sport in meinen Alltag ein. Auf meinen Gängen vom Schreibtisch in die Küche oder ins Bad jogge ich fünf Minuten auf der Stelle, dehne und strecke mich in Ausfallschritten im Flur oder beuge die Knie beim Wäsche aufhängen. Meine Kinder gehen schon peinlich berührt an mir vorbei, wenn sie bemerken, wie ich in breiter Hocke am Schreibtisch sitze oder nach dem Abwaschen Pfannen mit beiden Armen nach hinten drücke.

Neulich habe ich es wohl etwas übertrieben mit meinem Interims-Sport. Schon am Abend spürte ich eine Art

Ziehen in den Beinen. Nanu, überlegte ich, vielleicht habe ich falsch gesessen? In der Nacht allerdings wachte ich bei dem Versuch auf, mich im Bett umzudrehen. Ein längst vergessener schrecklicher Schmerz durchfuhr mich bei jeder Bewegung. Muskelkater, dachte ich entsetzt. Ich überlegte, Magnesium zu nehmen, und konnte plötzlich nicht mehr einschlafen. Der Wecker zeigte drei Uhr und ich lag hellwach da und blieb für den Rest der Nacht schlaflos.

Am Schlachtensee

Ich sitze mit meinem Freund Armin auf einer Bank am Schlachtensee. Wir beobachten die Spaziergänger*innen, die an uns vorbeimarschieren, und bewerten ihre Mützen. Armin hat nämlich ein Mützenproblem. „Mir ist kalt am Kopf, aber entweder darf ich einfach nicht eitel sein, weil ich mit Mütze aussehe wie ein Vollhonk, oder ich muss akzeptieren, dass die Leute Angst vor mir haben."

Ich kichere immer noch über die Geschichte, dass eine alte Dame Armin neulich abends entgegenrief: „Sie brauchen es gar nicht zu versuchen, ich habe nur fünf Euro bei mir", woraufhin Armin auffiel, dass auffällig viele Leute einen weiten Bogen um ihn machten.

„Oder liegt es am Zahn?", fragt er, zieht die Oberlippe hoch und zeigt mir den bei einem Fahrradunfall abgebrochenen Schneidezahn.

„Den würde man auf die Entfernung ja wohl nicht sehen", sage ich. „Und außerdem sieht er süß aus. Wie bei einem Sechsjährigen, dem die Milchzähne ausfallen."

Vor uns lachen zwei im Alter von vielleicht fünfzehn und neunzehn. Sie tragen beide Bomberjacken, der Ältere hat eine große goldene Uhr um das Handgelenk gelegt, der

Jüngere ein X in seinen sehr blonden Hinterkopf rasiert. Sie haben eine Plastiktüte dabei, deren Inhalt fast in den See fällt. Der mit der Uhr gibt dem anderen eine Kopfnuss. „Passt du auf!“

„Ey, Mann, was willstu von mir?“ sagt der andere.

„Wir wollen die Enten füttern.“

„Da kommen doch zwei“, sagt der mit dem X im Haar.

Der mit der Uhr schaut wie ein Seemann unter seiner flachen Hand auf den See und sagt: „Bistu komplett verblödet? Das sind keine Enten, Mann.“

„Ja, na Dings, Gänse“, sagt der Erste.

„Alter, denk doch mal nach in deinem Kopf, das sind Schwane. Schwaane nennt man die.“

Ich muss kichern und gucke Armin an. Der hat schon seine Kapuze halb übers Gesicht gezogen und lacht sich offenbar schon länger eins. Er lacht so sehr, dass wir irgendwann gehen müssen.

In der S-Bahn nach Hause fragt mich Armin die ganze Zeit Dinge. Er zeigt beispielsweise auf zwei sehr kleine zitternde Hunde in Pullovern und fragt: „Sind das Enten?“

Ich kichere und schüttele den Kopf und Armin sagt: „Ach nein, das sind ja Schwane.“

Und dann lachen wir, bis wir nicht mehr atmen können hinter unseren Masken.

Von denen, die auszogen, Abenteuer zu suchen

Derya und ich gehen spazieren, damit wir uns überhaupt mal wieder sehen ohne Bildschirm zwischen uns. Derya hat kleine Kinder, die sie rund um die Uhr bespaßt oder homebeschoolt. „Da kann ich abends gar nichts mehr, verstehst du das?“

Absolut verstehe ich das, stelle aber fest, dass ich gerade vor Langeweile eingehe.

Wir wählen unsere Route über die Hauptstraße, nicht wie sonst durch die kleinen Straßen. Die Luft ist kalt und schwer, es riecht nach verbranntem Holz wie im Herbst, die Laternen tragen einen orangen Kranz aus Licht.

„Ich brauche mal Krach und Leben um mich", sage ich, „ein bisschen Abenteuer."

Als wir die Hauptstraße hinunterlaufen, sehen wir schon von Weitem eine Frau am Boden liegen. Vor ihr steht eine ältere Dame: „Sie ist gestürzt, aber will sich nicht helfen lassen. Ich will den Krankenwagen rufen und sie weigert sich."

Die Frau am Boden liegt auf dem Rücken und bewegt das Bein unkontrolliert. Ihre Brille ist verrutscht und sie stöhnt.

„Bleiben Sie weg", ruft sie. „Lassen Sie mich in Ruhe."

„Können wir jemanden für Sie anrufen?", frage ich die Frau am Boden.

„Nein", antwortet sie barsch. „Nein, da ist niemand."

Derya setzt ihre Maske auf und sagt zu der Frau: „Ich helfe Ihnen jetzt hoch. Es ist kalt, Sie können hier nicht liegen bleiben."

„Nein, nein, lassen Sie mich einfach allein!", ruft die Frau.

„Auf keinen Fall", rufen wir und Derya hilft ihr mühsam auf, bis sie ganz schief an ihr lehnt. „Schaffen Sie es bis zu dem Mäuerchen da drüben vor dem Zaun?"

„Na aber klar", sagt die Frau entrüstet. Ihre Brille sitzt schief, das Haar steht wirr vom Kopf ab. Derya macht ein Zeichen, dass etwas nicht stimmt. Alkohol?, frage ich lautlos. Sie zuckt mit den Schultern.

Die Frau sitzt jetzt schief und zusammengesunken auf

dem Mäuerchen. Sie sieht blass aus. Aus ihrer Umhängetasche holt sie eine 1,5-Liter-Flasche Fanta und trinkt.

„Wir rufen jetzt die Feuerwehr“, sagt die ältere Dame.

„Ach was“, sagt die Frau und zeigt mit der Fanta die Straße hinunter. „Ich will nur nach Hause.“

„Das schaffen Sie so aber nicht.“

„Ich gehe in kein Krankenhaus.“ Sie sagt es trotzig und schiebt sich die Brille zurück auf die Nase, verstaut die Flasche in der Tasche, steht auf und torkelt los, fällt aber nach wenigen Schritten wieder hin. Derya und ich eilen zu ihr.

„Sehen Sie, das schaffen Sie nicht“, ruft die alte Dame und wählt schon die 112. „Alkohol oder Tabletten“, sagt sie in den Hörer.

Wir setzen die Frau erneut auf das Mäuerchen.

Kläglich murmelt sie mehrmals: „Danke schön. Danke schön, das ist sehr nett von Ihnen.“

Derya sagt beruhigend: „Der Krankenwagen wird gleich hier sein.“

Die Frau weint. Lautlos laufen die Tränen über ihre Wangen.

„Es wird alles gut“, murmeln wir hilflos.

„Nix wird mehr gut“, sagt die Frau. „Ich sitz den ganzen Tag zu Hause und nix wird wieder gut.“

„Es ist grad einfach eine harte Zeit“, sage ich.

Der Krankenwagen kommt. Ein Mann um die fünfzig und ein junger Fahrer steigen aus.

„Guten Abend, die Damen“, sagt der ältere Feuerwehrmann fröhlich, „ist’s nicht ein bisschen kalt für so ’n Kaffeekränzchen?“

Dann redet er eindringlich auf die Frau ein: „Wenn Se so gar nich woll’n, dann zeigen Se mir ma, wie Se nach Hause loofen wollen.“

Die Frau kommt kaum hoch. „Na seh'n Se, dit wird einfach nüscht. Und wenn Se jetze immer noch nich woll'n, muss ick die Kollegen von der Polizei rufen. Die könn Se vielleicht überreden." Uns zwinkert er zu: „Das schaffen wir hier schon."

Wir verabschieden uns und wünschen der Frau alles Gute.

Als Derya und ich weitergehen, sind wir still. Ein Polizeiwagen fährt mit Blaulicht in die Richtung, aus der wir kommen.

Bitte jeder einen Korb

Montag in der Drogerie reicht die Kassenschlange bis vor die Müsliregale. Die Stimmung im Laden ist gedämpft und kühl, als würde man am Morgen aus dem Haus treten nach einer Nacht, in der es geschneit hat. Vorhin schnalzte eine Frau mich tadelnd an, weil ich nicht früh genug aus dem Weg gesprungen war, als sie an mir vorbeidrängte. Ich möchte nach Hause, denke ich.

„Nehmen Sie sich bitte einen Korb?", ruft die junge Frau an der Kasse. Ihre Stimme klingt resigniert. Sie sagt es heute sicher schon zum hundertsten Mal.

„Ich will nur ganz schnell ein Deo kaufen", antwortet ein Mann mit Stoffmaske.

„Egal, Sie müssen bitte einen Korb nehmen. Und bitte setzen Sie eine medizinische Maske auf. Die sind jetzt vorgeschrieben."

„Ach", sagt der Mann. „Und nun? Ich habe keine mit."

Die Kassiererin guckt die Frau vor mir genervt an und sagt: „Ja, soll ich ihm jetzt noch eine geben oder was?"

Zu dem Mann gewandt ruft sie: „Da kann ich Ihnen nicht helfen."

Der Mann kommt näher und sagt: „Ich bitte Sie. Können Sie mir nicht eine verkaufen?" Er zeigt auf eine Box mit chirurgischen Masken hinter der Kasse.

„Die sind für das Personal und nicht verkäuflich", erklärt die Kassiererin kühl.

„Können Sie vielleicht eine Ausnahme machen?"

Er hat schöne Augen über der schwarzen Stoffmaske und legt einen bittenden Ausdruck hinein.

Die Kassiererin seufzt kurz, dreht sich um, zuppelt eine OP-Maske aus der Box und reicht ihm diese unter der Plexiglasscheibe hindurch.

„Bitte, aber nicht weitersagen."

„Ich danke Ihnen, Sie sind ein Schatz." Er setzt sich die Maske auf, nimmt einen Korb und verschwindet im Laden.

Die Kassiererin guckt die Frau vor mir an, reicht ihr den Bon und sagt: „Haben Sie gehört? Ja, ich bin ein Schatz. Mein Highlight heute." Sie grinst. „Und bei den Hundeaugen darf der sogar nochmal wiederkommen."

Über Reiskekse und Paprikasauce

Die Paprikasaucendiskussion ist überall, auch vor mir im Bus zwischen zwei circa Fünfzehnjährigen. Man ist sich einig, dass das gar nicht geht.

„Wie doof muss man sein, wenn man sich nicht merken kann, dass das jetzt Paprikasauce heißt? Ich muss mir ja auch den ganzen Scheiß in der Schule merken", sagt die eine. Sie hat sehr einheitliche Locken, die irgendwie hart aussehen, so viel Gel ist darin.

„Echt mal", sagt die andere. Ihre Haare sind in einem Puschel zusammengedreht. Sie kaut unter ihrer Maske und reicht der Lockigen eine Packung herüber. „Willst du auch?“

„Was is’n das?“

„Nippon. So Reis mit Schokolade.“

Die andere guckt und sagt: „Ey, voll krass. Ist das rassistisch?“

Die Erste stockt und schaut entsetzt auf die Packung.

„Wieso denn?“, ruft sie etwas hysterisch.

„Na wegen Reis und Schokolade.“

„Was?“, ruft die Puschlige.

„Na, Nippon heißt doch Japan“, erklärt die mit den Locken.

„Ach so“, sagt die Puschlige. Kurzes Nachdenken.

„Nee, aber das ist was anderes. Dann wäre ja auch Hamburger und Amerikaner und so rassistisch.“

„Was ist denn ’n Amerikaner?“, fragt die Lockige.

„Na, so ’n flaches Weizenteil mit Zuckerguss.“

„Nee, das passt“, sagt die Lockige und beide lachen.

„Aber das mit dem Reis ...“, sagt die Lockige.

„Ich glaub, du bist rassistisch.“

„Ich? Hallo? Meine Eltern kommen aus Tunesien.“

„Und da gibt es keine Rassisten oder wie?“

„Willst du jetzt Beef oder was?“

Die Augen der Puschligen blitzen. Ich befürchte kurz, dass sich die beiden gleich in die Haare gehen, aber dann sagt die Lockige:

„Die Hamburger finden es bestimmt auch nicht toll, dass sie so ’ne Boulette und ’n weiches Brötchen sind.“

Die andere kichert: „Mit ’nem mini, mini Gürkchen!!“

Beide kichern sich einen ab und sehen sich dann um.

Ich schaue sehr interessiert in mein Handy und tippe heimlich mit.

Social Events

Seit dem Lockdown gehe ich nach meinen Spaziergängen wirklich gern in Supermärkte oder Drogerien. Meist abwechselnd. Einen Tag in einen Supermarkt meiner Wahl, am anderen dann in eine der beiden Drogerien in der Nähe. Während ich früher nichts inständiger zu vermeiden versuchte als einkaufen zu gehen, empfinde ich es jetzt als eine willkommene Abwechslung und eine Möglichkeit, auf Menschen zu treffen. Ich genieße alles. Selbst das Anstehen vor den Einkaufswagen, das Sich-aus-dem-Weg-Gehen vor dem Kühlregal, das sich über Masken anlächelnde Verständnis, das man einander entgegenbringt, wenn sich die Brillenbügel mit der Maske *und* den Kopfhörern verheddern, und die sich wiederholenden Gespräche in den Kassenschlangen. „Bleiben Sie gesund", rufen wir uns zum Abschluss fröhlich zu, die ausgelassen Einkaufenden vom Akazienkiez.

Dummerweise haben die mich fröhlich stimmenden Besuche leider einen kleinen Nachteil. Ich kaufe nämlich etwas ein. Vornehmlich Zutaten für Gerichte, die ich mir in meinen kühnsten Kochträumen nie vorzustellen gewagt hätte. Nach meiner Crème-Brûlée-Phase, in der ich exzessiv viel Milch und Eier im Haus hatte, sind jetzt die Gemüsegerichte dran. Ich kaufe alles, was ich selten esse. Ich kaufe Herausforderungen, um die Langeweile zu vertreiben. Ich habe dementsprechend schon Topinambur frittiert, Schwarzwurzelmuffins und Petersilienwurzelcrêpe gebacken. Schmeckte leider alles nicht. Meine Kinder sehen inzwischen schon ängstlich in meine Taschen, wenn ich wieder von einem meiner Supermarkt-Social-Events nach Hause komme.

Neulich fragte mein Sohn: „Cool, gibt's Döner?" und zeigte auf den riesigen Weiß- und den noch größeren Rotkohl.

„Döner?“, fragte ich irritiert.

„Na, das ist doch im Salat“, erklärte er vorfreudig. Ich schüttelte bedauernd den Kopf. „Aber nein, ich wollte nur mal einen schönen Rohkohlsalat machen.“

Er sah mich an, als sei ich von allen guten Geistern verlassen, und ging aus der Küche.

Seitdem traue ich mich nicht mehr, den Salat aufzutischen. Die beiden Kohlköpfe liegen also wie eine Mahnung auf dem Küchentresen. Manchmal rufen sie mir zu: „Nur raspeln, mit Salz kneten, Karotten und Zitronensaft hinzufügen. Es ist ganz leicht.“ Und ich flüstere zurück: „Jaja, morgen“, während ich mich frage, wer all diesen Kohlsalat essen soll. Meine Kinder offenbar nicht.

Das mit den Zufällen

Heute ist der Tag, an dem die Hausverwaltung ankündigt, dass jede Wohnung Brandmelder bekomme. Die seien seit Beginn des Jahres gesetzlich vorgeschrieben. Oh nein, denke ich. In meiner Erinnerung sind Rauchmelder eher nervig bis ärgerlich. In einer Ferienwohnung an der Ostsee mussten wir die Dose im Schlafzimmer verhängen, da sie ein blinkendes Lichtsignal abgab, das alle drei Sekunden den ganzen Raum rot und damit schlafuntauglich erhellte. Man fühlte sich wie auf einer Feuerwehrstation. In einem Ferienhaus, das wir mit Freunden gemietet hatten, schreckten wir aufgrund eines gellenden Rauchmelderalarms um vier Uhr morgens aus dem Bett und dachten, es brennt. Kein schönes Aufwachen. Aber besser kein schönes Aufwachen als gar kein Aufwachen bei einem Brand. Als wir allerdings feststellten, dass das Ding nur seine sinkende Batterieleistung verkünden wollte und es ewig dauerte, bis wir es mit einem Besenstiel zum Schweigen gebracht hatten, war das Aufwachen nur noch ärgerlich.

Jetzt laufe ich Tage vor dem Brandmeldertermin wie Hans Guck-in-die-Luft durch meine Wohnung und überlege, wo so ein Ding am besten angebracht werden kann und es am wenigsten auffällt.

„Morgen kommen die Brandmelder", sage ich zu Wiebke am Telefon und starre schon wieder an meine Decke. „Ich muss noch die perfekten Orte dafür finden." Wiebke kichert und sagt: „Bring einen überm Bett an und installiere noch 'ne Kamera. Ist vielleicht 'ne neue Einkommensmöglichkeit."

Als es am Freitag klingelt, steht da ein sehr höflich-forscher Elektrohausmitarbeiter vor der Tür.

„Darf ich Ihre Wohnung so betreten?" Er zeigt auf seine Schuhe und ich folge seinem Blick etwas verständnislos. „Aber ja, wie denn sonst?"

„Na, man weiß ja nicht", sagt er und trägt eine Leiter herein, während ich überlege, ob er sonst seine Schuhe auszieht, wenn er in fremde Wohnungen geht, um zu arbeiten.

Kaum in der Wohnung, redet er recht viel. Dafür, dass es acht Uhr morgens ist, ist er schon sehr wach, denke ich und versuche zu folgen. Er redet schnell. Sehr schnell. Und er springt von einem Thema zum nächsten.

„Aber er blinkt nicht, der Rauchmelder?", frage ich irgendwann und er schüttelt den Kopf. „Nee, das waren noch die alten." Er legt ein Heft auf meinen Küchentresen und sagt: „Hier steht alles drin zum Nachlesen."

„Sehr gut", sage ich. „Wollen Sie vielleicht auch einen Kaffee?"

„Nein, nein, danke", sagt er. „Ich habe damit aufgehört."

„Mit dem Kaffeetrinken?“, frage ich ungläubig. Ich habe von solchen Geschichten bereits gehört, aber konnte sie auch da schon kaum glauben.

Er nickt. „Hab aufgehört zu rauchen Anfang des Jahres, jetzt geht kein Kaffee und kein Bier mehr.“

„Ach du Schreck“, sage ich und er macht eine Bewegung mit dem Kopf. Ich sehe hinter der Maske nicht, ob er lacht oder was er so dazu denkt, zum Schreck und fehlendem Kaffee und Bier, also frage ich: „Dann Tee oder Apfelschorle?“

„Och, also einen Tee gern.“

Ich gehe in die Küche und setze das Wasser auf, während er seine Leiter im Flur aufstellt und ruft: „Also hier, würde ich sagen, ist eine gute Stelle.“ Er zeigt nach oben. „Der Abstand zu einem anderen Objekt muss immer fünfzig Zentimeter betragen.“

Ich nicke. „Ist gut“, rufe ich gegen den Wasserkessel an. Er redet weiter, wie ich bemerke, aber der brodelnde Kessel schluckt alle Geräusche. Sein Reden ist eher ein murmelndes Hintergrundgeräusch, wie ein Bach, der über Steine fließt.

Ich schalte den Kessel aus und gieße den Tee auf.

„Na, also was ich schon alles zu hören bekam, was so ein Brandmelder alles kann, das können Sie sich nicht vorstellen.“

„Ach ja?“, frage ich. „Was denn so?“

„Also zum Beispiel meinte einer, die wären von den Krankenkassen, um zu registrieren, wer in der Wohnung raucht. Oder auch ’ne geheime Abhöranlage mit direkten Werbeempfehlungen auf das Smartphone. Gut war auch, als neulich einer meinte: ‚Und jetzt will mir Putin auch noch in die Wohnung gucken.‘“

Wir lachen.

„Dabei sind es die Chinesen“, sagt er dann beiläufig und ich sage: „Wie bitte?“

„Na hier“, sagt er und tippt auf die Packung des nächsten Brandmelders, „kommt alles aus China. Wenn da nichts drin ist, wären die ja doof.“

Ich lache auf, werde aber still, denn seine Augen blicken mich ernst an.

„Ja, Sie lachen“, sagt er und besteigt die Leiter im Wohnzimmer.

„Ist echt wahr. Die haben alles im Griff. Sogar meine Heizung.“

„Ihre Heizung?“, frage ich irritiert.

„Ich kann meine Heizung per App steuern, und jetzt raten sie mal, woher die App kommt.“

„Aus China?“, sage ich und er nickt eifrig. „Genau! Die haben echt alles im Griff. Wenn die wollen, machen die mir die Bude kalt.“

„Nun ja“, sage ich. „Das liegt vielleicht in der Natur der Sache.“

Er guckt mich anerkennend an.

„Also ich meine“, erkläre ich mich, „deswegen nutzen Sie ja die App, um die Heizung zu steuern.“ Er sagt nichts. „Sie könnten ja vielleicht eine andere App benutzen, wenn diese Ihnen irgendwie riskant erscheint“, versuche ich es noch.

„Da ham Se recht“, sagt er.

„Hier ist Ihr Tee“, sage ich. Und dann fällt mir etwas Lustiges ein: „Und jetzt raten Sie mal, woher der kommt.“ Er guckt mich an, ich gucke ihn an. In dem Moment fällt mir auf, dass er das gar nicht witzig findet.

„Ein Zufall“, sage ich hilflos beschwichtigend. Er nickt unüberzeugt. In der folgenden Viertelstunde arbeitet er konzentriert und recht wortkarg, und ich weiß auch nicht, was ich sagen soll. Er zeigt in den betreffenden Zimmern auf eine mögliche Stelle an der Decke und ich antworte mit: „Ja, da ist gut."

Als er schließlich fertig ist, bittet er um meine Unterschrift, nimmt seine Leiter unter den Arm, legt zwei Finger an die Schläfe und wünscht einen Guten Tag. Als er gegangen ist, sehe ich, dass er den Tee nicht angerührt hat.

Alles gut mit Weihrauch

In der S-Bahn sehen meine Nachbarin Olga und ich uns um und gehen schließlich in den vorderen Bereich der Fahrrad- und Gepäcksitze, klappen dort zwei Sitze herunter und setzen uns. Hier scheint es etwas leerer zu sein als bei den Vierersitzen. Die Bahn ist ein Kurzzug und dafür recht voll, stellen wir fest. „Ergibt irgendwie keinen Sinn, oder? Da soll man Abstand halten, aber dann sind jetzt fast alle Züge kürzer als normalerweise und deshalb rappelvoll." Ich nicke und sage: „Wir können uns auch an die Tür da hinten stellen."

„Hier geht es", sagt sie.

„Es sind nur zwei Stationen bis Tempelhof."

Wir wollen zum Spazierengehen auf das Flugfeld fahren, weil wir den Volkspark schon nicht mehr sehen können, so oft waren wir dort spazieren.

„Nanu", sagt Olga nach einer kurzen Weile, „riechst du das auch?"

Ich nicke. „Räucherkerzen, oder?"

Sie hält ihre Maske ein wenig höher und schnuppert. „Weihrauch. Habe ich seit meiner Kindheit nicht mehr gerochen."

Wir sehen uns um. Die meisten der Mitfahrenden blicken in ihr Handy.

„Es ist ziemlich intensiv“, sage ich.

Zwei Plätze weiter sieht ein Mann von seinem Handy auf. Er hat ein Bein auf sein Fahrrad gelegt, damit es nicht umfällt.

„Das könnte ich sein“, sagt er.

„Ach“, sagen wir beide und warten mal ab. Ich überlege, was er macht. Er trägt Sneakers und eine Jeans, eine Jacke mit Kapuze und eine runde Brille, alles wenig aufschlussreich. Ich sehe Olga kurz an. Sie kneift ihre Augen ein wenig zusammen über der FFP2-Maske.

Der Mann sieht unsere Blicke und dann sagt er mit unheimlicher Stimme: „Ich komme aus einer besonderen Messe.“

„Ach“, machen wir wieder, schon etwas vorsichtiger.

„Das erklärt einiges“, sagt Olga in ihrer Plauderstimme.

Ich weiß gar nicht, was ich sagen soll und überlege, welche Art „besondere Messe“ er meint und wieso er es so komisch betont.

Der Mann sieht Olga an und sagt: „Ach so?“ Er lacht dröhnend. Ein Brillenglas über seiner Maske beschlägt.

Wir sehen ihn an und ich weiß nicht wieso, aber ich bin seltsam befangen.

Als wir aussteigen, lässt er uns nicht aus den Augen, bis wir aus der Tür heraus sind. Auf dem Bahnhof Tempelhof laufen wir erst einmal schweigend nebeneinanderher und dann sagt Olga: „Der war doch irgendwie merkwürdig, oder?“

Ich nicke.

„Riecht der Teufel nicht auch immer nach Weihrauch?“, fragt sie dann.

Ich sage: „Nee, das war doch Schwefel.“

„Stimmt“, sagt Olga. „Na, dann ist ja alles gut. Ich dachte schon.“

Mützengeschichte

Seitdem die Temperatur deutlich in den Minusbereich gefallen ist, ist das Thema Mützen auch im mützenfeindlichen Teil der Familie angekommen.

„Meine Ohren waren so kalt, ich dachte sie fallen ab“, jammert meine Tochter nach einem Ausflug in den Schnee. Ich zucke nur mitleidlos mit den Schultern: „Tja, klingt wie ein Fall für eine Mütze.“

Ich reiche ihr eine besonders schöne blaue Beanie aus meinem Bestand und setze sie ihr vor dem Spiegel auf. Sie steht ihr ausgezeichnet über ihren langen dicken Haaren.

„Das geht ja gar nicht“, ruft sie entsetzt und reißt sie sich vom Kopf. Es hat sich nichts geändert, denke ich seufzend und erinnere mich an die Zeiten, als die Kinder sehr klein waren und alles wollten, bis auf eine Mütze tragen. Mützen schienen direkt aus der Hölle zu kommen, dem Geschrei und Geheule nach zu urteilen, sofort gefolgt von Handschuhen und Regencapes, die man über den Kinderwagen stülpen musste.

Ich weiß nicht, wie viele Mützen auf wundersame Weise verschwanden, weil die Kinder sie von mir unbemerkt einfach aus dem Kinderwagen fallen ließen. Mützen pflasterten also unsere Wege und irgendwann gab ich es einfach auf. Während andere Mütter tadelnd auf die zarten, im Wind wehenden Babyhaare der ansonsten nackten Köpfe meiner Kinder sahen und wiederum ihre Köpfe schüttelten, saß ich auf einer Bank auf dem Spielplatz, langweilte mich und aß den Kindern die Babykekse weg. Ein paar Jahre nach dem Abstillen hatte ich das unbedingte Gefühl, wieder etwas für mich tun zu müssen, und begann dummerweise wieder zu rauchen. Statt der Keksnummer ging ich nun manchmal vor das Tor des Spielplatzes und zündete mir eine Zigarette an. Ich kam mir dabei ziemlich assimäßig vor unter den Blicken der anderen Frauen, aber ich muss schon sagen, dass sich vor dem Tor die weitaus besseren Gespräche führen ließen als auf dem Spielplatz.

„Wir sind wie früher die Idioten vor dem Club, die nicht reinkamen, aber die dann mit Dosenbier von der Tanke viel mehr Spaß hatten als die Arschlöcher drinnen", sagte eine weißblondierte Frau und grinste mich an. Das war Tanja und der Beginn einer jahrelangen Spielplatzfreundschaft. Ihre Tochter trug auch keine Mützen, dafür die Siebzigerjahre-Duschhaube mit Gummiblumen der Oma, und Tanja zuckte die Achseln: „Is mir auch egal. Wenn das Kind glücklich ist, ist doch alles gut. Das Leben ist zu kurz, um sich über so 'ne Scheiße aufzuregen."

Tanja war Altenpflegerin, Kettenraucherin und im Gegensatz zu mir nie um eine Antwort verlegen, was ich meistens ziemlich lustig fand.

„Was denn?", rief sie einem Mann zu, der im Vorbeigehen den Kopf schüttelte, da sie beim Spazierengehen eine Zigarette am Kinderwagen rauchte. „Ich rauch ja schon nur noch draußen. Und was bleibt uns denn sonst noch? Haben Sie mal zwei Jahre keinen Falafel essen können, weil sich sonst das Kind die Seele aus dem Leib pupt, von Alkohol und Kaffee mal ganz abgesehen? Und Sie gönnen mir meine Kippe hier nich, oder was?"

„Unmöglich ist das", rief der Mann ein paar Schritte hinter uns.

„Unmöglich sind Typen wie Sie, denen ich später im Heim sicher nicht den Arsch abwischen werde", brüllte sie durch die gediegenen Straßen des Zehlendorfer Viertels, in dem wir damals wohnten.

Ich kicherte. „Is doch wahr", polterte sie. „Sowas regt mich auf. Da brauch ich direkt noch 'ne Zigarette."

Tanja brachte ein bisschen Stimmung in die langweiligen Spielplatznachmittage. Wir erzählten uns Sexgeschichten und sehr gern laut und splattermäßig bildhaft alles über unsere Geburten, wenn junge Väter in der Nähe waren, bis die aufstanden und uns die Bank überließen. Wir unterhielten uns über Musik, Filme und Klamotten und erfrischend wenig über Windeln, Spielzeug, PEKiP-Kurse oder Babyschwimmen, Kitas oder Entwicklungswunder der Kinder, über die sich die anderen Mütter gern austauschten.

Neulich traf ich Tanja in der S-Bahn wieder. Wir hatten uns jahrelang aus den Augen verloren und erkannten uns trotz Masken sofort wieder, grinsten uns an und sie sagte: „Na, rauchste noch?"

„Extrem selten", sagte ich. „Ich bin so eine Partyraucherin geworden."

„Gute Sache", sagte sie. Und da ja keine Partys mehr sind, haste also auch aufgehört, so wie ich." Wir lachten laut.

„Ich hab es echt geschafft. Hab es irgendwann nicht mehr ertragen, den ganzen Dreck. Aber ehrlich, wenn ich jetzt noch 'n kleines Kind hätte, würde ich wieder vor dem Spielplatz rauchen. Anders kann man die ganze Hochbegabten-Scheiße da ja nicht ertragen."

Wir kicherten und verabredeten uns auf einen Spaziergang. Und der war immer noch so wie damals. Irgendwie gut.

Jetzt zieht sich meine Tochter vor dem Spiegel die Kapuze auf den Kopf. Und vielleicht geht es ja dann auch einfach mit Kapuze und ohne Mütze.

Antikörpertests

Samstag an der Kasse der Drogerie. Die Schlange ist lang und die Leute sind irgendwie unruhig. Vor mir steht ein Mann mit Lederjacke und sagt zu der rothaarigen Kassiererin: „Guten Tag, ich suche diese Schnelltests."

„Sind alle ausverkauft, gibt nur noch Antikörpertests. Kosten fuffzig Euro und is auch nur einer", sagt sie und klackert mit ihren langen pinken Fingernägeln auf dem Metall der Kasse. Man merkt, das hat sie heute schon ein paar Mal gesagt.

„Oh", macht der Mann, „fünfzig Euro? Das ist aber 'ne schöne Stange."

„Ehrlich", sagt die Frau und beugt sich etwas nach vorne: „Ist echt für'n Arsch der Test. Würd ich nich kaufen. Hab mir alles durchgelesen. Da laufen Se jetzt hier aus'm Laden, stecken sich an, aber der Test sagt: Alles is tutti."

Sie guckt triumphierend: „Dauert nämlich ganze vier Tage, bis die sich bilden, die Antikörper."

Der Mann schüttelt den Kopf. „Also, so was!"

Darauf die Kassiererin: „Die ziehen uns doch alle über'n Tisch. Kaufen se sich von dem Fuffie lieber 'n paar Flaschen Wein." Dreckige Lache. „Da bilden Se auf Dauer Antikörper gegen allet."

Von Nahem, von Weitem

Ich bin mal wieder am Schlachtensee zum Spazierengehen, weil es so praktisch ist. Man steigt in die S-Bahn und kann dann zwei Seen umrunden oder im Wald spazieren gehen. Dazu sehe ich mal etwas anderes als immer nur die gleichen Straßen wie sonst.

Am See, dort wo sich ein Spielplatz und ein Gartenlokal befinden, steht einer und malt auf einer großen Leinwand. Er nutzt zum Malen nur seine Hände in Gummihandschuhen und ich sehe fasziniert zu. Die Farbe ist sehr dick auf der Leinwand, an einigen Stellen so pastos, dass sie wie ein Relief mehrere Zentimeter hochragt. Andere Leute bleiben ebenfalls stehen. Manche verhalten sich wie in einer Ausstellung. Sie legen eine Hand an die Wange, schauen abwechselnd auf das Panorama und wieder auf das Bild, gehen sehr nah heran und inspizieren die Maltechnik. Von Nahem mischen die Farben alles in ein Chaos, von viel weiter hinten finde ich den See und das Ufer, die Bäume, die im Nachmittagslicht Schatten werfen, und ich frage mich, wie der Künstler seine Umgebung sieht, um von Nahem malen zu können, als stünde er weit weg.

Eine Frau mit einem wollenen Stirnband sieht sich die Leinwand von der Seite an und sagt: „Interessant.“ Der Künstler reagiert nicht.

Eine Frau mit einem Mädchen an der Hand tritt heran. „Wir wollten mal fragen, was das Bild kostet. Meine Tochter würde es gern von ihrem Taschengeld kaufen.“

Der Künstler dreht sich langsam um, mustert die beiden und sagt todernst: „Das reicht vielleicht nicht. Es kostet achttausend Euro.“

„Siehst du“, sagt die Mutter zu ihrer Tochter, „das ist wirklich zu viel für dein Taschengeld.“

„So viel Geld“, sagt das Mädchen im Gehen enttäuscht und die Mutter erklärt: „Na ja, da ist eben auch ganz schön viel Farbe drauf. Das muss man ja wieder reinholen.“

Junge und ältere Herren

Es ist Vormittag und ich stehe im Treppenhaus vor der Praxis meines Hausarztes in der Schlange zur Anmeldung. Eigentlich will ich bloß etwas abholen. Ich mustere die Umstehenden und stelle fest, dass vor mir nur ältere Herren warten. Ab und zu öffnet sich der Fahrstuhl gegenüber der Eingangstür, spuckt einen weiteren Mann um die siebzig aus, der am oberen Ende der Schlange stehen bleibt. Sofort kommt Bewegung in die Menge. Die Herren machen sich breit und schauen ungehalten, sodass sich der Eindringling schnell an das Ende der Schlange begibt. Inzwischen bin ich umgeben von älteren Männern.

Wieder kommt einer aus dem Fahrstuhl. Er trägt wie die beiden vor mir eine beige Übergangsjacke und eine Schiebermütze auf dem Kopf, unter der sich im Nacken Locken hervorkringeln.

„Ach, entschuldigen Sie“, sagt er zu den beiden Männern vor mir. „Ich muss nur meinen Stock holen, den habe ich hier vergessen.“

„Bitte, bitte“, sagt der eine und weist auf die offen stehende Tür.

Der Mann geht hinein, holt seinen Stock aus dem Schirmständer und sagt beim Herauskommen: „Da war ich schon zu Hause und hab doch glatt den Stock vergessen.“

„Dann brauchen Sie den Stock ja gar nicht“, stellt der vor der Tür fest.

„Nun ja. Es geht viel langsamer ohne. Dachte schon auf dem Weg, was kriechst du heute wie ’ne alte Kröte, bis meine Frau zu Hause sagt: ‚Wo hast du denn den Stock gelassen?‘“

Die Herren lachen.

„Na dann, alles Gute noch.“

Die Herren nicken.

„Sind Sie auch wegen der Prostata hier?“

Die Herren murmeln unbestimmt. Sein Blick fällt auf mich.

„Ach, die Jungen trifft es auch schon.“

„Mich nur nicht an der Prostata“, sage ich und lache. Der Mann guckt genauer. Seine Augen sind blau und wässerig über der Maske.

„Ach, Verzeihung, meine Brille habe ich zu Hause vergessen, als ich los bin, um den Stock zu holen.“

Erika

Mein Sohn und ich stehen auf dem Friedhof vor dem Grab meines Vaters. Eigentlich wollten wir nur spazieren gehen, aber da es sich mit einem Streckenziel oft besser spazieren geht, sind wir eben hier gelandet. Unsere Spaziergänge sind inzwischen etwas leidenschaftsloser geworden. Manchmal gehen wir einfach nur stoisch nebeneinanderher, sehen kaum auf, reden wenig, denn es geht darum, überhaupt ein bisschen Bewegung zu bekommen.

„Wir könnten noch ein bisschen durch die Reihen gehen“, schlage ich vor und mein Sohn nickt. Er hat die Hände in den Taschen und ist wieder recht schweigsam. Den Jugendlichen setzen die Kontaktbeschränkungen jetzt doch ganz schön zu, denke ich.

Wir laufen durch die Reihen, bleiben manchmal stehen und lesen die Grabinschriften. Zunehmend fallen uns frische helle Holzkreuze aus den letzten Monaten auf. Es sind inzwischen sechs neue hinzugekommen, und nach den Daten sind die hier Begrabenen zwischen zwanzig und dreißig Jahre alt geworden. Wie schrecklich, das ist bestimmt Corona, denke ich. Mein Sohn sieht auch betroffen aus.

Im Gang gegenüber, hinter einem Baum versteckt, fällt uns ein älteres, sich laut streitendes Pärchen auf. Sie trägt ein gefilztes Hütchen und zischt:

„Wieso ich? Ich denke ja gar nicht daran! Du bist schon genau wie deine Mutter, kannst dich gleich dazulegen."

„Nun lass uns machen und sei still", brummelt er, zieht sich einen Gartenhandschuh über und nimmt einen Spaten zur Hand.

„Das war doch deine Idee, die Erika rauszureißen, also mach es gefälligst auch allein." Mein Sohn guckt mich mit aufgerissenen Augen an.

„Heidekraut heißt auch Erika", wispere ich und er sagt: „Oh, o.k. Ich dachte schon."

Sherlock Holmes

In meiner Straße fiel mir schon häufiger eine Frau auf. Sie versteckte sich zwischen den parkenden Autos und rauchte manchmal zwei Zigaretten hintereinander in hastigen, fast zitternden Zügen. Dabei sah sie zum Nachbarhaus hinüber. Mit ihrer karierten Schieberkappe und dem braunen Mantel wirkte sie wie eine etwas aus der Form geratene Version von Sherlock Holmes. Nach einer

Weile fiel mir auf, dass sie immer auf der gleichen Höhe stand, immer mit diesem sorgsamen Blick zu den Fenstern des Nachbarhauses. Einmal beobachtete ich, wie sie sich nach dem Rauchen etwas in den Mund sprühte und die Hände desinfizierte. Danach setzte sie sich eine Maske auf und ging über die Straße in das Nachbarhaus. Beim nächsten Mal, als ich das Haus verließ, erwischte ich mich dabei, wie ich ebenfalls die Straße überquerte und mich an die gleiche Stelle stellte wie zuvor die Frau. Auf dem Asphalt lagen mehrere Zigarettenkippen. Ich sah zum Nachbarhaus hinauf und konnte dort nichts Ungewöhnliches entdecken. Grübelnd ging ich auf meine tägliche Spazierrunde.

Die Frau kam immer wieder. Jede Woche sah ich die karierte Schiebermütze mindestens einmal zwischen den Autos am Seitenstreifen rauchen, um dann mit Mundwasserspritzer und desinfizierten Händen traumwandlerisch im Eingang des Nachbarhauses zu verschwinden. Irgendwann hoffte ich auf eine Änderung. Nur einen kleinen Unterschied im Verhalten. Alles wäre willkommen gewesen.

Ein paar Wochen später fand ich ein gelbes Portemonnaie auf dem Gehweg vor meinem Haus. Ich suchte nach einem Ausweis oder einem anderen Hinweis auf die Besitzerin oder den Besitzer und fand eine Visitenkarte mit einem Nachnamen und einer E-Mailadresse. Einem Impuls folgend, ging ich an die Haustür des Nachbarhauses und warf dort einen Blick auf das Klingelschild. Nichts. Hier war der Name nicht zu finden. Allerdings fiel mir ein kleines Schild neben einem Doppelnamen auf. „Raucherentwöhnung durch Hypnosetherapie. Erfolgsgarantiert“ stand darauf.

Fernwärme

Der Hof ist hell und gedämpft, der Himmel darüber hellgrau und es schneit seit Tagen, sodass alles aussieht wie aus vergangenen Zeiten. Hübsch und edel irgendwie. Der Schnee schluckt alle Geräusche. Als würde man die Schwimmbadtür hinter sich schließen und sich zu den Duschen aufmachen. Ich stehe am Fenster und überlege, ob ich noch rausgehe oder ob ich mir etwas zu essen mache. Ich kann keine Entscheidung treffen, es fällt mir grad schwer. Im zweiten Stock gegenüber sehe ich kurz das Mädchen von gestern am Fenster vorbeigehen. Ich kenne sie nur vom Grüßen und überlege, wie alt sie ist, vielleicht vierzehn, schätze ich.

Gestern Abend waren ihre Haare nass. Eine Strähne klebte ihr quer über der rosa Wange, als ich sie bei den Mülltonnen angetroffen habe. Ein Junge stand vor ihr. Seine Brille war nass und seine Haare weiß vom Schnee. Er hielt sie und sie küssten sich, an die Altpapiertonne gelehnt.

„Hallo“, sagte sie, als ich näher kam und die zwei einen Schritt auseinanderwichen. Ich warf meine Tüte in eine Tonne und das Mädchen wischte sich mit dem Handschuhrücken etwas verschämt über den Mund.

„Hallo, ist das nicht schön?“, sagte ich und hielt das Gesicht Richtung Himmel. Die beiden strahlten und ich musste lächeln, weil sie so glücklich aussahen. Als ich ging, blickte ich noch einmal zurück. Beide hielten sich wieder und sahen sich an. Er lachte. Der Schnee fiel sanft und zärtlich und im Licht der Hoflampe breitete sich von ihnen ein orangefarbener Schein aus, der sich glitzernd im Schnee fortsetzte.

Ich hätte da gern ein Bild gemacht, ein inneres Bild für die beiden, genau so, wie ich sie da gesehen habe. Eins, an das sie sich immer erinnern würden. Eins, das sie in ihr inneres Lebensalbum aufnehmen und das sie mal jemandem beschreiben, wenn sie sich viel später an ihre erste Liebe erinnern oder an ihren ersten Kuss. Dann, wenn sie sich in fünfzig Jahren längst aus den Augen verloren haben und viele, viele andere geküsst haben werden. Viele, an die sie sich dann gar nicht mehr erinnern, als wäre es nie geschehen oder wenn, nur flüchtig, ohne Namen oder ein besonderes Gefühl für diejenigen. Aber gestern habe ich für die beiden gehofft, dass sie bei sehr viel Schnee immer an diesen Hof und an diesen Kuss an der Altpapiertonne denken müssen. Bloß, weil es wirklich so schön aussah.

Frühling in Schöneberg

In Schöneberg ist der Frühling eingezogen. Ich gehe auf der Hauptstraße spazieren und sehe zu den Häusern auf der anderen Seite. Die Fenster werden geöffnet und Kissen auf der Fensterbank bereitgelegt. Ein Staubwedel wird ausgeschüttelt und eine Frau putzt Fenster. Jemand sitzt auf dem Balkon, hat sein Gesicht in die Sonne gestreckt, ein ungeöffnetes Buch im Schoß. Etwas weiter rauchen zwei aus einem geöffneten Fenster und beobachten das Treiben auf der Straße. Eine Familie hat Plastikstühle auf den Bürgersteig gestellt und trinkt dort aus schmalen Gläsern dampfenden Tee. Die Kinder fahren mit den Rollern hin und her. Meine Schritte knirschen. Der Rollsplitt liegt dick, und ich mag das Geräusch beim Drüberlaufen.

An der Ecke steht ein Obdachloser, auf einen Einkaufswagen gestützt. Im Einkaufswagen sind Tüten und Taschen, ganz oben sitzt ein Teddybär mit blauen Augen.

Im Vorbeigehen sehe ich den Teddybären an und dann den Mann. Er hat ebenfalls blaue Augen, aber seine sind dunkler. Er trägt einen Bart und seine Brauen stehen ihm wie ein Dach über den Augen. Er folgt meinem Blick zum Teddy und nickt mir zu. „Man sieht 'ne Familienähnlichkeit, ne?"

Ich lächle und sage: „Ja, der Bär hat auch blaue Augen."

Der Mann nimmt den Bären in die Hand, dreht das Gesicht zu sich und sagt: „Potzblitz, das hab ich ja gar nicht gewusst. Naja, der Apfel fällt nicht weit vom Stamm." Er lacht dröhnend. „Hast du vielleicht ein bisschen Kleingeld übrig?"

Ich krame in meiner Jackentasche und gebe ihm ein paar Münzen in den Pappbecher neben dem Bären. „Es ist nicht viel", sage ich entschuldigend.

„Danke", sagt er. „Nicht viel hilft trotzdem viel."

Er guckt mich an und sagt: „Wir werden noch Philosophen, der Teddy und ich."

Barbaren

Meine Tochter ist schon mit vier Jahren überzeugte Vegetarierin geworden. Wenn sie es jetzt erzählt, schütteln manche Leute ungläubig den Kopf und vermuten, dass ich damit etwas zu tun hatte, dabei bin ich selbst eine recht inkonsequente Vegetarierin.

Ich erinnere mich allerdings an ein bedeutsames Osterfest bei den Eltern meines Freundes. Da war meine Tochter etwa vier Jahre alt, saß schon mit roten Wangen am festlich gedeckten Tisch und sah aus, als habe sie großen Hunger. Die Eiersuche im Garten hatte sich ziemlich spannend gestaltet, weil die Eltern meines Freundes vergessen hatten, wo die Eier überall versteckt waren. So suchten wir alle, um den Kindern dezente Hinweise geben zu können, wo der Hase denn überall entlanggehoppelt war. Tatsächlich hatte er sogar kleine Geschenke neben die Eier fallen lassen, unter anderem einen Stoffhasen, den meine Tochter mit den Worten an sich drückte: „Das ist der allerliebste Osterhase der Welt."

Soweit ein erfolgreiches Osterfest.

Wir saßen also zu Tisch, die Kinder waren hungrig und der Opa brachte eine große Schüssel herein, stellte sie auf den Tisch und sagte: „Heute haben wir aber einen schönen Festtagsbraten."

„Ach ja?", fragte mein Freund und sein Vater antwortete zwinkernd:

„Ja, wir haben heute einen Osterhasen gefangen." Er hob den Deckel und man sah einen großen Klumpen Fleisch in brauner Sauce.

Der Blick meiner Tochter zeigte blankes Entsetzen. Sie sah auf die Schüssel, auf Opa, auf mich und fragte mit dünnem Stimmchen: „Mama?"

„Nicht *der* Osterhase", versuchte ich anzusetzen, wurde aber vom Opa unterbrochen, der den Witz zu relativieren versuchte: „Nein, nein, der echte ist mir dieses Jahr entwischt. Ich habe nur seinen Kumpel gefangen."

Ihre Augen wurden so groß wie Ostereier.

„Der Opa macht nur Spaß", erklärte ich verzweifelt. „Den Osterhasen kann man nicht fangen oder essen." Aber sie sah nicht so aus, als würde sie noch jemals irgendjemandem von uns auch nur irgendetwas glauben. Sie wollte auf meinen Schoß und an diesem Tag nur Kartoffeln und Sauce probieren und – oh Wunder – kein Stück Fleisch. Während wir anderen aßen und redeten, spürte ich manchmal ihren

Blick auf uns ruhen. Er schien zu sagen: Da esst ihr ihn, den netten Hasen, der uns vorhin noch Geschenke und Schokolade gebracht hat, ihr Barbaren.

Nach diesem Tag hat meine Tochter nie wieder ein Stück Fleisch angerührt und ich vermutete seitdem, der Grund dafür war unsere barbarische Undankbarkeit, die ziemlich freundliche Hauptfigur eines Festtages einfach aufzuessen.

Viel zu erzählen

Ich stehe in der Schlange zum Bäcker, die auf der Straße bis zur nächsten Ecke reicht. Im Laden sind nur zwei Personen erlaubt und da sich vor mir mehrere Pärchen befinden, kann es noch eine Weile dauern, bis ich dran bin. Nach einem hoffnungsvollen Frühlingsanfang sind die Tage nun wieder kalt, der Wind ist eisig und ich bin froh über meine dicke Maske. Sie wärmt mich zusätzlich ein bisschen.

Vor mir streitet sich ein Pärchen. Mir ist nicht ganz klar, worum es geht, aber es ärgert sie offenbar, dass er nie redet. Alles würde er allein mit sich abmachen. Ein Anruf unterbricht sie und mit dem Blick auf das Display sagt sie: „Deine Mutter ruft an."

Er schüttelt den Kopf und sagt: „Auf keinen Fall jetzt."

Sie nimmt ab. „Mutti", ruft sie dann ins Telefon und stellt auf Lautsprecher. Sie hält das Handy waagerecht vor sich, damit auch ihr Mann alles hören kann. Ihr Mann und ich auch.

Mutti beginnt direkt zu erzählen von einem Paket, auf das sie schon drei Tage wartet, nämlich mit der Bettwäsche, die sie den Kindern schon zu Ostern bestellt hat.

„Ich habe ein frühlingshaftes Muster ausgesucht“, sagt Mutti freudig.

Die Schwiegertochter ruft: „Ach, wie lieb von dir.“

Dabei sieht sie zu ihrem Mann hinüber, der sich in einer verzweifelten Geste eine Hand an die Stirn hält. Ich überlege, ob mein Sohn das später auch so machen wird, wenn ich anrufe.

„Ist denn der H. auch da?“, fragt Mutti jetzt laut. Der Sohn winkt aufgeregt mit beiden Händen ab und hält einen Finger vor den Mund hinter der Maske. Die Augen seiner Frau ziehen sich zu Schlitzen und sie ruft: „Aber klar, der steht direkt neben mir in der Schlange. Warte, er hat dir bestimmt viel zu erzählen.“

Während er den Lautsprecher leise stellt und mit seiner Mutter telefoniert, zwinkert sie mir zu.

Spuren in der Stadt

Ich habe eine Macke. Also vielleicht nicht nur eine, aber eine, die besonders heraussticht. Ich habe ein Faible für schöne Stifte, die weich schreiben. Dabei ist die Minenstärke egal und auch die Art des Stiftes. Er muss nur schreiben, als würde man mit der Hand durch weiches Seewasser gleiten. Ich kann nicht genug davon bekommen und an einem schlechten Tag laufe ich manchmal in ein Schreibwarengeschäft und tröste mich mit ein paar neuen, sehr, sehr gut schreibenden Stiften.

Schreibwarenläden sind sowieso Orte des Glücks. Ähnlich wie Bibliotheken oder Buchhandlungen. Vielleicht liegt es am Geruch, habe ich mal überlegt. Es riecht nämlich immer ähnlich nach einer Mischung aus Papier und Pappe, Umschlägen, Kugelschreiberminen, Staub und Stempelfarbe.

Im Schreibwarenladen laufe ich zielstrebig zum Stiftebüffet, an dem ich mich durch alle Schreibutensilien einmal durchschreibe. Ich schreibe dann auf die angehefteten Schmierzettel immer den gleichen Satz: Schauspieler sind glücklich in Braunschweig. Zu diesem Satz riet mir vor langer Zeit mal eine Schreibwarenfachverkäuferin, als ich mir nämlich meinen ersten Füller für die Schule aussuchen durfte. Sie erklärte, der Satz würde die meisten Schwünge beinhalten, danach wisse man, ob der Füller zur eigenen Handschrift passe. Meine Mutter zog damals die Augenbrauen hoch und schaute mir über die Schulter, während ich den Satz schrieb.

„Schauspieler mit ie", sagte sie „und glücklich mit ck."

Nachdem ich viel später zum ersten Mal Braunschweig im Regen besuchte, zweifelte ich die inhaltliche Richtigkeit dieses Satzes zwar etwas an, aber weil ich grundsätzlich gern an Bewährtem festhalte, schreibe ich ihn trotzdem und immer noch beim Ausprobieren von neuen Stiften.

Neulich kommt Julia zu Besuch, und während wir Kaffee trinken, kramt sie in ihrer Tasche und legt mir einen schwarzen Gelschreiber auf den Tisch.

„Hier", sagt sie, „statt Blumen."

„Oh, wie toll", freue ich mich. „Was für ein Zufall. Ich liebe die. Habe mir erst neulich einen davon in Blau gekauft."

Julia grinst und sagt: „Das war kein Zufall. Ich war im Schreibwarenladen in der Goltzstraße, und was sehe ich da, als ich vor den Stiften stehe?"

Ich zucke mit den Achseln.

„Schauspieler sind glücklich in Braunschweig. Ich habe dann einfach den Stift genommen, unter dem dein bekloppter Satz dreimal stand."

Gassi gehen

Es ist Viertel vor zehn am Abend, ich bin schon im Schlafanzug und habe mich mit Wärmflasche und einem Buch in meine Decke eingemummelt, als es an der Tür klingelt. Meine Nachbarin N. steht davor. Sie trägt eine dicke Jacke und hat Lilli dabei, ihren Hund. Lilli begrüßt mich begeistert, winselt, springt an mir hoch und wirft mich fast um.

„Kommst du mit auf unsere Gassirunde? Seit der Ausgangssperre ist es draußen so einsam, dass ich es ein bisschen unheimlich finde allein", sagt N., und das kann ich verstehen.

Draußen habe ich eine dicke Jacke an, meine Mütze auf und die Wärmflasche in meinen Schlafanzug gesteckt. Wir ziehen die Köpfe ein. Es ist windig und kalt, der Asphalt glänzt vom Regen und spiegelt die einsamen Lichter der Ampeln wider. In der Ferne entdecken wir noch eine weitere Gestalt mit Hund, ansonsten sind die Straßen wie ausgestorben.

„Ist wirklich unheimlich", sage ich.

„Oder?", sagt N., „geradezu dystopisch. Aber Lilli denkt nur ans Jagen."

Wir sehen Lilli zu, wie sie mit der Nase am Boden die Wege der Nachbarschaftskatzen erschnüffelt, und lachen darüber. Unser Lachen prallt laut von den Häuserwänden ab, stößt sich an den parkenden Autos und legt sich dann auf die leere Straße. Irgendwann fährt ein Auto darüber. Es gibt noch Leben in der Stadt, denke ich.

„Was sagen wir, falls wir kontrolliert werden wegen der Ausgangssperre?", fragt N.

„Die Wahrheit?", schlage ich vor. „Du gehst Gassi und ich begleite dich zur Sicherheit mit der Wärmflasche."

Wir müssen beide kichern. Danach ist es wieder gespenstisch still.

„Psst“, mache ich, „hörst du das?“

Ich höre ein Schnuffeln oder Schubbern, ganz klar ist es nicht. Es ist laut, klingt irgendwie pervers und kommt aus dem Gebüsch. Oh nee, bitte nicht, denke ich, mache mich größer, als ich bin, als in dem Moment im Beet zur Straße ein Igel auftaucht. Er röchelt sich seinen Weg durch das Unkraut und verschwindet hinter einem Zaun. Lilli hat ihn zum Glück nicht bemerkt. Dafür kommt uns ein Pärchen entgegen.

„Entschuldigung“, sagt der eine, „wissen Sie, wie spät es ist?“

„Etwa zehn Uhr“, antworte ich.

Er bedankt sich und wir hören im Weitergehen, wie er zu seinem Begleiter sagt: „Jetzt übernehmen die Tiere die Stadt.“

Während ich noch über diese Bemerkung nachdenke und überlege, ob er damit uns meint, gleich an mir heruntersehe und überprüfe, ob man erkennen kann, dass ich schon im Schlafanzug bin, sehen wir, wie ein Marder über den Gehsteig huscht. Er verschwindet sofort unter einem Auto und Lilli erhängt sich fast an der Leine, so sehr regt sie sich darüber auf. N. hat alle Mühe, sie zu halten und kurz danach stoßen wir bereits auf das nächste Hundeärgernis. Ein großer Fuchs sitzt auf der Mittelinsel der Kreuzung zur Hauptstraße und sieht uns ausdruckslos entgegen. Als Lilli anfängt zu bellen, legt er seinen Schwanz aufreizend langsam in einer eleganten Bewegung nach vorn.

„Ist dir aufgefallen, dass die wilden Tiere im Laufe des Abends immer größer werden?“, frage ich, während N.

versucht, Lilli in die Seitenstraße zu bewegen. „Ich hab keine Lust, auch noch auf Wildschweine zu treffen."

„Doch nicht in Schöneberg", sagt N. und ich antworte: „Ich glaube, die sind schon bis Tempelhof vorgedrungen, das ist doch nicht so weit."

Kurz darauf hören wir an der Ecke zu unserer Straße wieder ein Geräusch. Diesmal klingt es wie ein Grunzen. Wir gucken uns beide an und laufen einfach los. Vor unserer Tür kommen wir zu Atem, drängen uns in den Hausflur und schließen die Tür fest hinter uns.

N. sagt: „Vielleicht übernehmen die Tiere nach zehn Uhr ja wirklich die Stadt."

Und das halten wir beide noch nicht einmal für ausgeschlossen.

Corona-Vertrottelungen 1

Der Grad der Vertrottelung kennt keine Grenzen mehr. Neulich auf dem S-Bahnsteig auf verzweifelter Suche nach der FFP2-Maske die ganze Handtasche ausräumen, wieder einräumen, nochmal halb ausräumen, alle Manteltaschen auf links drehen, ratlos durch die Gegend gucken, überlegen, wie ich jetzt in die schon nahende S-Bahn einsteigen kann, bis so ein Mann in blauen Arbeitshosen sagt: „Suchste was?"

Ich, genervt und verzweifelt: „Ja, ich find meine Maske nicht."

Er, richtig cool, mit einem Grinsen, das ich ohne Witz neben seiner Maske noch sehen konnte: „Nimm doch einfach die am Handgelenk."

Ich habe sie dann sehr schnell aufgesetzt, um mein Gesicht zu verstecken.

Corona-Vertrottelungen 2

Ich fahre in die Bibliothek, um endlich meine Bücher abzugeben, die ich schon zum dritten Mal verlängert habe und die heute in der Bibliothek sein müssen. Auf dem S-Bahnhof finde ich meine Maske und meine Kopfhörer, verheddere mich mal ausnahmsweise nicht, auch die Brille habe ich noch auf. Alles super, denke ich, das wird. Es ist kurz nach siebzehn Uhr und ich habe noch eine knappe Stunde, bevor die Bibliothek schließt. Etwas später betrete ich die Bibliothek frohgemut wie Rotkäppchen mit einem Korb und stelle mich bei der Abgabe an.

Neben mir an der Ausleihe schreit ein Kind wie am Spieß und zeigt weinend auf ein Buch. „Das nicht", schreit das Kind. „Das ist hässlich." Die Leute lachen, der Vater ist ratlos, redet auf das Kind ein. Das Kind ist unbeirrbar. Das Buch ist hässlich und soll nicht mit.

Nur noch zwei Menschen sind vor mir in der Schlange. Ich taste nach den abzugebenden Büchern in meiner Tasche und stelle entsetzt fest, dass ich sie zu Hause vergessen habe. Ich habe mir auf meinem Nachhauseweg dann einfach ein Eis geholt.

Guten Abend in Berlin

Meine Nachbarin Olga und ich gucken gern gemeinsam Serien. Gerade sehen wir *In Therapie* auf arte und nach der dritten Folge wollen wir eine Zigarette auf dem Hof rauchen. Olga hat keine mehr und mag meine nicht, also überredet sie mich, zum Späti an der Ecke zu laufen. Seit dem Virus sind die Straßen abends wirklich dunkel, fällt uns auf. In den Häusern brennt jetzt kurz vor Mitternacht kaum noch Licht und es fahren weitaus weniger Autos als sonst. Wir laufen und unsere Gespräche drehen sich um *In Therapie*, um Frauen, Männer und die Gesellschaft im Allgemeinen, als sich ein Schatten von einem Verteilerkasten löst. Ich mache ein Geräusch, das nach einer pfeifenden Lunge klingt.

Olga ist lauter. Sie ruft erschreckt: „Oh mein Gott."

Vor uns steht ein Mann. Im Licht der Straßenlaterne schimmert seine Kopfhaut inmitten des Haarkranzes. Er steht irgendwie schief vor uns und hebt eine Hand mit einem erhobenen Zeigefinger.

„Gutenabend, die Damen", lallt er.

„Oh Gott", entfährt es Olga noch einmal.

„Nee, der is im Moment un-ab-kömmlich", lallt der Mann. Dann beugt er sich im Neunzig-Grad-Winkel nach vorn und wir stehen hilflos da und überlegen, ob wir was machen müssen. Und wenn ja, was.

„Geht es Ihnen gut?", fragt Olga und ich schüttele unwillkürlich den Kopf.

„Ey, also so gut geht's mir schon lang nicht mehr", sagt der Mann, deutet eine Verbeugung an, bei der er fast mit dem Kopf auf das Pflaster fällt, fängt sich grad noch und macht eine Art Ausfallschritt.

„Oj", macht Olga und guckt mich an. „Was machen wir jetzt mit dem?"

Der Mann lallt: „Na hoffentlich nix Böses", er lacht meckernd.

„Wo wohnen Sie denn?", frage ich und er zeigt schwerfällig auf das Haus, vor dem wir stehen.

„Da", stößt er hervor.

„Ach, na dann", sagt Olga geradezu erleichtert. „Dann hat er's ja schon geschafft."

„Klaroooo", meint der Mann und winkt ab.

Wir wünschen also eine gute Nacht und gehen weiter zum Späti.

Auf dem Rückweg, als wir die Stelle am Verteilerkasten passieren, hören wir von irgendwoher die lallende Stimme des Mannes: „'n schönen guten Abend, Frolleins."

Und irgendwie wird uns plötzlich so unheimlich, dass wir schreiend davonrennen.

Dank

Ich bedanke mich sehr herzlich bei Beate Scheder und Ulrich Gutmair, die einen Teil der Miniaturen in der Rubrik „berliner szenen“ in der *taz* veröffentlichten, meinen Freund*innen für die liebevolle Unterstützung, besonders bei Anne Wagner für ihr Erstlesen, Nathalie Claude für all das Mutmachen, Alexander Pfeiffer für das offene Ohr und Björn Kuhligk für die Möglichkeiten, meinen Kindern, ohne die meine Welt klein und beschränkt wäre, und bei den Berliner*innen, die mir jeden Tag neue Geschichten bescheren.

Die Autorin

Isobel Markus wurde in Celle geboren, wuchs in Berlin auf und studierte Anglistik und Bibliothekswissenschaft an der Humboldt-Universität zu Berlin. Sie ist freie Autorin und wirkt bei Kunst- und Fotografie-Projekten mit. Ihre Kurzgeschichten wurden in Literaturzeitschriften und Anthologien veröffentlicht. Sie schreibt Miniaturen für die „berliner szenen“ und die Kolumne „berlin viral“ der *taz*. In der Lettrétage Berlin veranstaltet sie regelmäßig Salonabende. Unter dem Namen „Berliner Salonage“ stellt sie Künstler*innen verschiedener Genres vor und regt zu einem Austausch mit dem Publikum an. Isobel Markus lebt mit ihren beiden Kindern in Berlin.